沈东子◎著

西风·瘦马

海天出版社（中国·深圳）

图书在版编目(CIP)数据

西风·瘦马 / 沈东子著. — 深圳 ：海天出版社，2014.1

ISBN 978-7-5507-0785-6

Ⅰ. ①西… Ⅱ. ①沈… Ⅲ. ①随笔-作品集-中国-当代 Ⅳ. ①I267.1

中国版本图书馆CIP数据核字(2013)第175151号

西风·瘦马

XIFENG · SHOUMA

出 品 人　尹昌龙
责任编辑　胡小跃
责任校对　黄海燕
责任技编　蔡梅琴
封面设计　李松璋

出版发行　海天出版社
地　　址　深圳市彩田南路海天大厦　(518033)
网　　址　www.htph.com.cn
订购电话　0755-83460293(批发)　83460397(邮购)
设计制作　深圳市龙瀚文化传播有限公司
印　　刷　深圳市华信图文印务有限公司
开　　本　787mm×1092mm　1/32
印　　张　8.375
字　　数　170千
版　　次　2014年1月第1版
印　　次　2014年1月第1次
定　　价　32.00元

作者简介

沈东子（1960-　），祖籍浙江湖州，1963年迁居桂林。1987年入漓江出版社外国文学编辑室，1997年与广西文学院签约写作小说，2000年参加全国青年作家创作大会，2006年参加中国作协第7次全国代表大会。现为中国作家协会会员、漓江出版社审读部主任。

主要作品有长篇小说《少不更事》，短篇小说集《空心人》《小说·沈东子卷》，随笔集《品味桂林》等，主要译著有《呼啸山庄》、《诺贝尔文学奖丛书·大盗巴拉巴》、《都柏林人》、《世界悬念小说精选》等，常年在新浪网开设时评博客。

小说《美国》获1994年上海文学小说奖，小说集《空心人》获2005年广西铜鼓奖，短篇小说《我与佐藤木木鸟的十年友谊》入选1999年度当代中国最新作品排行榜，短篇小说《声音的重量》入选2001年中国当代作家精品，短篇小说《光裸的向日葵》入选2004年收获短篇小说精选，短篇小说《六万分之一》入选2006年度中国最佳短篇小说（花城版）。长篇小说《少不更事》获2009年度最佳长篇提名。

目录
contents

编 裁花絮

译事漫笔

灯下读

编裁花絮

偶然的爱人

海狸是萨特对波伏娃的昵称，只因为这名字Beauvoir与英文beaver（海狸）谐音。这对法国男女终生相守，被世人称为文化界的神仙眷侣，不过神仙也好眷侣也罢，都只是外人的羡慕。在漫长的岁月中，萨特的情人难以计数，比如褐发的阿莱特，金发的万达，染发的米歇尔等等；波伏娃不甘示弱，她与他人的恋情也如火如荼，1947年她第一次去美国，在芝加哥认识了高大帅气的瑞典裔美国作家艾尔格伦（Algren），两人一见钟情坠入爱河，热恋维持了30多年，跨越大西洋的情书有好几百封。

波伏娃与萨特

也正因为爱得热烈，争吵得也厉害。萨特早就对波伏娃说过，爱人可分为两种，一种是必然的，一种是偶然的。波伏娃认可了这种观点，认为她与萨特的爱是必然的，其余都是偶然的，哪怕爱得死去活来，肉体可以四处流浪，精神却始终离不开那个其貌不扬的小个子男人（指萨特）。她把这种想法告诉艾尔格伦，艾起先忍耐，后来忍无可忍，时常爆发冲突，两人总是隔海遥相思念，好不容易见面了，先是甜蜜后是斗嘴，气冲冲离开，而后又开始遥相思念。这种愁肠百结的爱与恨，全都流露在情书中。

波伏娃与艾尔格伦

对于波伏娃把自己归为偶然的爱人一类，艾尔格伦始终耿耿于怀，她觉得他是偶然的，可他视她为必然，这是悲剧所在。他去巴黎看她，她也好几次去芝加哥探望他，但他最终还是不能接受这种现状，一次见面时告诉她，他无法把自己的一生与一个一年只能见几次面的女人绑在一起，决定与前妻复婚，波伏娃一路哭着回到法国。然而情感依然在纠结，情书也依然在继续，最令人惊奇的是，这期间艾尔格伦获普利策奖，没过多久波伏娃赢得了龚古尔奖，他们的爱情不是空洞的卿卿我我，相思与悲伤经过岁月的酝酿化成生命的琼浆。

艾尔格伦把这段别扭的爱深藏内心，也正因为别扭，总会有发作的时候。1981年一位记者采访他，偶然说起了波伏娃，他忽然失态，说波伏娃竟然在回忆录里把与他的恋情公之于众，而且还引用他的情书，连妓女接客都还知道关上房门，可她却门户大开，什么事情都放到光天化日之下。情书是他们两人的共同财富，既然她把她那一半公开了，他也可以把他这一半拿来出版。说着他恶狠狠拍打一个装满书信的大箱子，宣布第二天为这事召开记者招待会，可是次日记者到达时发现，艾尔格伦死了，死于心肌梗塞，或者说死于绝望的爱。

萨特临终时，波伏娃，他的海狸，伏在他身边，睡着了。她手上戴着一枚银色的戒指，这是艾尔格伦当年给她的定情物，几十年都没取下来过。也许在这对存在主义作家看来，一男一女的长相厮守并不坏，但绝非惟一的存在。6年后波伏娃去世，与萨特合葬于巴黎的同一墓穴。

帅气的艾尔格伦

暗夜行医人

我最喜欢的法国作家，不是雨果也不是加缪，是一个叫塞利纳（L.F. Céline，1894-1961）的大夫，这人死去快50年了，从未获得过任何文学大奖。塞利纳的作品不多，代表作是小说《茫茫黑夜漫游》，谈不上是史诗，也没有缠绵的爱情，但我第一次阅读就被深深震撼。那时我刚到出版社，有时要看译文校样，我看到的《茫茫黑夜漫游》就是一份校样。法兰西文学一贯以典雅精致见长，塞利纳颠覆了这种风格，他喜欢自贬，语言是冷峻粗俗的，没有所谓美感，有的是直截了当的描写，就像面对面的呼吸，带点口臭但很真实。

后来我向许多朋友推荐过这本书，但反馈回来的信息很使人失望，好几个朋友说读了没感觉。为什么我如此钟爱的小说，别人看不出其中的奥妙呢，我努力反省，终于明白阅读趣味与阅历有关。主人公巴达缪在非洲、美洲流浪的经历，暗合我少年时游历长江沿岸

冷峻的塞利纳

的回忆；作家对独裁专制的冷嘲热讽，也与我的价值观不谋而合；必须有这样的人生底色，读起来才会过瘾。巴达缪一生都扮演可耻的小人物，战场上的逃兵，开诊所的假医生，背信弃义的情人等等，但与那些背信弃义的政客相比，他是那么清白，他背叛的只是一个女人，而政客们往往背叛一个民族。人与人是不一样的，同样的年代，有人看到彩旗，有人看到黑暗，同样的句子，有人读到心碎，有人读后漠然。明白这个道理后，我不再轻易向别人推荐书。

1936年《茫茫黑夜漫游》由阿拉贡译成俄文在苏联出版，深得斯大林称许，据说成为他的枕边书之一。斯大林有一种错觉，以为批判资本主义的人都喜欢苏联，于是忍不住邀请塞利纳访苏。邀请法国作家参观苏联，斯大林不是第一次，先前就请过罗曼·罗兰和纪德，两人回国后分别写了《莫斯科日记》和《苏俄归来》，文学风格不一样，结论却出奇的一致，那就是斯大林统治下的苏联，不值得欧洲效仿。纪德更因为去过苏联，怀着对苏联模式的深深失望，退出法共去了非洲。

有鉴于此，苏联人对塞利纳是有戒心的，对他的接待也比较低调，不像罗曼·罗兰和纪德，有机会与斯大林私下长谈。但这一切都无法阻止塞利纳表达自己对苏联的厌恶，他在苏联各地游荡了两个多月，写的观感更激烈，叫《我的罪过》，设想同样犀利的语言用在斯大林身上，那是何等冷酷的效果。

历史再一次证明，邀请生性浪漫的法国人访问苏联，希望他们回国后说好话，本身就是一个错误，你带他游伏尔加，他跟你说伏尔泰。战争结束后塞利纳因反犹言论被起诉，后来有好几个大作家为他说情，他跑到北欧躲藏了一段时间，获赦后回法国继续行医。做大夫是他的本行，塞大夫此后主要为病人做手术，一直做到死，再也没写出力作。解剖肉体毕竟要比解剖灵魂容易些。

没用过的火车票

细心的读者会发现，许多获诺贝尔文学奖（以下简称诺奖）的作家，获奖后不久就去世了。这当中有的因为年迈疾病缠身，有的因为事业到达巅峰已无所求，这都可以理解，不过也有的是因为宿命，加缪（Albert Camus，1913-1960）就是个例子。在所有获奖作家中，除了吉卜林，加缪是最年轻的，他1957年获奖时才44岁，按照当下中国作协的说法，还属于青年作家。这位青年作家一生困顿，也正因为困顿所以格外努力，以超乎常人的勤奋，早早就创作出惊世之作，在同样的年龄段，别人还沉湎于个人伤怀，而加缪已完成内心的历练。

加缪生于北非法国殖民地阿尔及利亚，还不满周岁，父亲就在一战前线阵亡。母亲是西班牙后裔，耳朵有点背，经常听不清楚别人说话。母子数人相依为命，生活可谓一贫如洗，不幸的是小加缪还染上了肺结核，这病折磨了他一辈子。为减轻家庭负担，他小小年纪就四处打工，做过私人教师、汽车修理工，还去气象学院干杂活。不过这一切都不妨碍他对文学的追求，不但不妨碍，反而给他的写作积累了大量活生生的素材。

随后加缪前往巴黎继续深造，28岁迎娶女钢琴家弗朗欣，生下一对双胞胎孩子；29岁完成《局外人》和《西西福斯神话》；34岁完成《鼠疫》。1957年的秋天，大家以为这届诺奖得主不是马尔罗，就是帕斯捷尔纳克，如果都不是，还有萨特和贝克特等着呢。可评奖委员会却出乎预料地宣布，获奖作家是加缪。说实话此时的加缪文思低迷，正陷入才情不再的沮丧中。那天他在一家饭店吃饭，一位熟悉他的侍应生跑来说你获奖了，是诺贝尔文学奖！加缪的第一反应是不可能，应该是马尔罗！

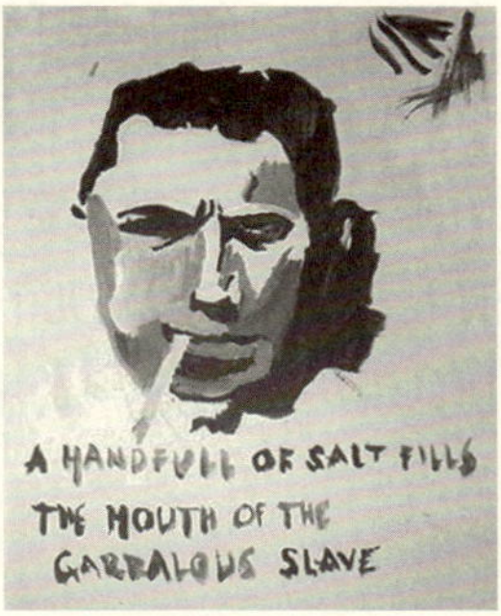

加　缪

消息传来，阿尔及利亚的记者蜂拥前往采访加缪的母亲，可他们很失望，他母亲根本不知道什么诺贝尔不诺贝尔，也听不明白他们的提问，记者们只好顾左右而言他，找借口离开。获奖是荣誉，也是压力，在出版商伽利玛的支持下，他移居小镇卢马兰，试图写几个剧本，但写作并不顺利，有时一天写不了一个字。1959年圣诞节，弗朗欣携一双子女从巴黎前来看望他，几天后伽利玛一家也来陪他过新年。幸福的日子很短暂，他决定与妻儿一道回巴黎，火车票都买好了。

这时伽利玛建议他别坐火车，搭他的私家车，可以看看沿途景色，加缪同意了。他把妻儿送上火车，自己上了伽利玛的老式雪铁龙。路过一座加油站时，一位加油工专门买来《局外人》请他签名，他边签边说你就别花这个钱了，想要书我送你就是。接下来发生的事，与别的车祸很相似，汽车撞上一棵大树，加缪与伽利玛双双殒命，后座上的伽氏妻女负重伤。警方在加缪上衣口袋里，找到了护照和一张没用过的火车票。众多记者又围住加缪妈妈的老宅，但没谁愿意说这次是为什么。当然她后来还是知道了真相，9个月后追随儿子而去。加缪去世时不到47岁，按照中国作协的说法，他刚刚成为中年作家。

烟不离嘴的加缪

真假马尔罗

官员作家马尔罗

法国人当中热爱东方文化者不少，但走火入魔如马尔罗（André Malraux, 1901-1976）则少见。马尔罗做过官，做到法兰西共和国文化部长。我通常对做官的作家是比较厌恶的，不过他是个例外。不是说喜欢他，只是佩服他说大话时那种面不改色心不跳的能耐。说马尔罗不能不说他的小说《征服者》和《人的状况》，因为这两部作品都与中国有关。前者讲述1925年开始的省港大罢工，后者描写1927年上海工人起义。马尔罗与亚洲有不解之缘，当时的印度支那受法国殖民统治，他为寻找吴哥窟与新婚太太一道穿越柬埔寨热带密林，像当年斯坦因偷运敦煌古卷那样，用四辆马车偷运佛像，结果被抓获坐了几个月班房。

出狱后小马对法国殖民当局深恶痛绝，决心帮助当地人反抗殖民统治，据他说他流落到西贡，帮助胡志明创建了印度支那共产党（越共前身），身份有点像中共创立时的那个荷兰人马林；后来又为了买印刷机去香港、澳门，正好碰上省港大罢工，他摇身一变成了罢工委员会的宣传委员，做上了苏俄顾问鲍罗廷的左右手；两年后他又到了上海，把工人起义当做东方的巴黎公社，与共产党员一起出生入死对抗新军阀蒋介石，似乎是这场较量中的关键人物。其实这些经历都是他虚构的，1930年以前他只来过中国一次，只在香港小住过几天，可就凭道听途说写出了两部小说。

问题是对读者的疑虑，他从不予以澄清，如果有哪个记者把这些传奇当做他的经历进行报道，他也予以默认。那个时代的世界，通讯不如现在发达，没有电话也没有电邮，法国民众对遥远的中国，就像如今我们对彼岸的加州西太平洋大学一样知之甚少，人家说什么都信以为真。马尔罗编造的远东故事，深深打动了众多欧洲读者，他自己自然也从中受益，被奉为九死一生的法兰西英雄，《人的状况》获1933年的龚古尔文学奖。

事情不止于此，马尔罗在后来出版的《反回忆录》中，说自己在北平见过托洛茨基，说陈毅参加过长征，说自己在中南海与毛泽东煮酒论英雄，等等。其实毛对他的态度与对格瓦拉相似，虽然不乏好感但也保持距离。1965年马尔罗作为戴高乐特使来华，礼节性地拜访了毛，在场的还有两国其他政要，加上翻译时间总共也没超过半小时，能说上几句话？但这位仁兄对这次会见写了足足80多页，从哲学谈到历史，又谈到诗歌，好像他与毛相见恨晚，有私下长谈，你不得不佩服他的文学想象力。

马尔罗这种将事实与小说混合起来的写法，终于引来了记者的质疑，起先他还顾左右而言他，后来实在招架不住，只好说你没看我的书名叫《反回忆录》吗，既然是反，当然不能当回忆录看，文学本来就是文学不是历史。显然在这样的回忆录里，他回忆的不是史实，是他自己。晚年的马尔罗喜欢写信，喜欢在信件上画一只猫，似乎象征自己一生都在暗夜中行走。1976年11月，继周恩来、毛泽东去世后，马尔罗也魂归西天，给自己的远东情结画上了句号。

游荡的飓风

如今说高禄德，大概没谁知道，但说保尔·克洛岱尔（Paul Claudel, 1868-1955），知道的人就比较多了，尤其是爱诗的朋友。高禄德是克洛岱尔给自己取的中文名，看上去似乎不怎么雅，那是因为他还有个行政身份，是驻华外交官，用这样的名字与官员商人打交道还是很合适的。克洛岱尔在法国诗坛的地位，可与兰波、瓦莱里等并列，他的创作激情很大程度上来源于其外交生涯，作为职业外交官先后出使美国、日本、德国、巴西等地，周游世界不仅丰富了阅历，也丰富了文学的感觉。

克洛岱尔每到一个地方就给姐姐写信，写思念姐姐的诗。他的姐姐是谁呢，是卡蜜儿，熟知法国艺术史的读者，对这个名字不会感到陌生。卡蜜儿天生丽质，是那个时代的标准美人儿，在弟弟保尔的眼里，姐姐的眼睛是世上最蓝的。1895年克洛岱尔被派往中国任职，担任驻上海（1895）、福州（1900）、汉口（1906）和天津（1909）领事，从27岁到42岁，度过了人生的盛年，义和团在北方举事，他幸而在福州任职，得以躲过一劫。

驻华15年，他有两段刻骨铭心的恋情。先是在轮船上遇见并爱上一位有夫有四个孩子的波兰女子露西，露西背叛了她的波兰丈夫，而克洛岱尔背弃了严谨的天主教信仰，两人生了一个私生女。关于这个私生女，有过一个传说，说露西在回欧洲的船上，认识了另一个荷兰男人，不久就生了孩子。她丈夫以为这孩子是自己的，荷兰人以为是荷兰人的，实情只有露西知道。等到这可怜的女孩出落成姑娘后，妈妈才告诉她，爸爸是法国人克洛岱尔。克洛岱尔后来爱上了一个法国女子佩琳，这次恋情终成正果，两人婚后生了五个孩子。在华期间他写了两个愁肠百结的剧本，里面有这两个女人的影子。

1910年，克洛岱尔派驻布拉格，与卡夫卡匆匆见了一面。两个男人都有些神经质，彼此的印象不算太好，卡夫卡事后描述说："克洛岱尔领事脸庞很宽阔，但眼神是飘忽的，似乎时刻准备走人，当他跟你说再见时，其实眼里早已没你了。"纪德的评论更独特，他说克洛岱尔给人的印象，就是一股"荒野飓风，飘来飘去的"。克洛岱尔确实喜欢剑走偏锋，在西班牙内战时期，他是少数几个站在佛朗哥一边的文化界人士，当时绝大多数作家艺术家如海明威、奥威尔、帕斯等都同情共和军。

对于姐姐的命运，克洛岱尔始终有隐隐的担忧，姐姐那么美丽，天分那么高，很容易招惹上天的嫉妒。他的预感是准确的，卡蜜儿爱上了罗丹，就是那个举世闻名的大雕塑家，先是做他的裸体模特儿，后来做情人，再后来自己也成了雕塑家，最后进疯人院，一住30年。克洛岱尔曾去看望姐姐，卡蜜儿还认得他，轻轻说了一句："我的小保尔，结束了。"克洛岱尔也想过报复罗丹，但终于还是放弃了，他知道姐姐不希望他这样做，在卡蜜儿的心中，罗丹和弟弟，是她生命中最爱的两个男人。

这个女人不寻常

古巴这块土地蛮吸引革命家的，海明威在那儿边钓鱼边写作，写出了《老人与海》，一反以往现实主义作家的繁缛描写，以简练明快的笔调发动了一场小说革命；格瓦拉吐着大口大口的雪茄烟，心飞到了玻利维亚，试图把革命的旗帜插遍拉美。还有一个人也值得一说，这是个不寻常的女人，叫阿娜伊斯·宁（Anaïs Nin, 1903-1977）。我头一次见到这个名字，是在亨利·米勒的小说《北回归线》里，那是一部译著手稿，前面有阿娜伊斯·宁写的序言。大家都知道这是本奇书，或者叫情色名著，能为这样的书写序言，一定得有非同凡响的身份。译稿因为有太露骨的性描写，最终没有出，但我记住了阿娜伊斯·宁这个名字。在一个尚未颁布出版法的国家，出版的分寸是很难拿捏的。

宁的双亲都是古巴人，她16岁弃学赴巴黎做模特儿，凭一张漂亮脸蛋结识了众多文艺界名流，与瓦雷里、科克托、维达尔、毕加索等人过从甚密，成为性解放的女性先驱。为躲避二战烽火，宁在20世纪30年代末移居美国，此时她有两个丈夫，分别是纽约富商奎勒和洛杉矶帅哥博尔，后者比她小16岁。她对奎勒说要去好莱坞改剧本，对博尔说要往纽约看校样，长年在两地间穿梭，直到她死后七卷本日记出版，世人才知道这个女权主义者，在美国东西海岸各有一个老公。说来也唏嘘，两个老公彼此似乎是知道的，博尔后来把宁和奎勒的骨灰撒进了同一片海域，洛杉矶的圣莫尼卡海湾。

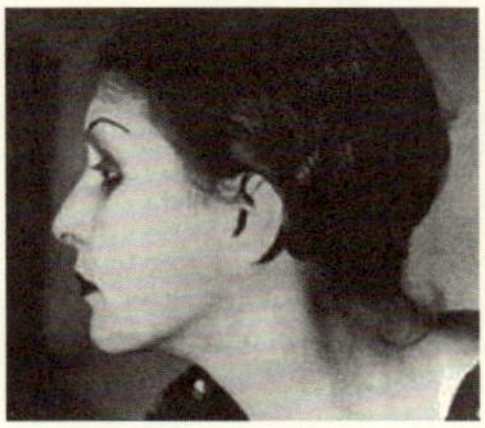

阿娜伊斯·宁

宁深受英国作家劳伦斯的影响，尤其迷恋《查特莱夫人的情人》，还有他那些关于色情文学的独特观点，曾有意写一部劳伦斯研究专著。她写了不少小说，都不怎么知名，最知名的还数那部沉甸甸的日记。日记除了记载与不同情人的爱与恨，也记录了自己对性与情的思考，一些句子常为后人引用，比如“岁月守不住爱情，但爱情可以守住你的青春”，“与其靠男人筑巢，不如自己去造”，“我吃苦，犯错，冒险，付出，就为了把死期拖住”，“要想做女人，先得会做人”等等，这些句子不时会成为其他书籍的扉页题记，大大提升了宁的文学地位。

让阿娜伊斯·宁留名青史的，是她与亨利·米勒的爱情。两人在巴黎相遇，当时米勒已经完成《北回归线》，这是部自传体小说，描写一个美国流浪儿在巴黎的游荡经历。米勒当时并无名气，出书很困难。这时宁出现了，她为米勒垫付了巨额印刷费。通常情况下，要女人为男人花钱，那是很困难的。但是为了出米勒这本书，宁扮演了贵妇人的角色，而实际上她并不是贵妇人，钱是问奎勒借的。她为什么这样做，一来当然是对米勒有感情，不过更重要的还是，她觉得这本书值。时间证明宁的眼光没有错，《北回归线》后来在美国解禁出版，如今已成为20世纪美国文学的经典小说之一。

尘封的爱情

进入21世纪后，一些尘封已久的旧事相继为人知悉，其中一件是苏俄女诗人茨维塔耶娃（Marina Tsvetaeva，1892-1941）隐秘的爱情。茨娃的丈夫是个军人，隶属弗伦格尔的白军，兵败后逃到捷克首都布拉格，进布拉格大学学法律。茨娃苦等了好几年，本以为丈夫早死了，不想传来消息说还活着，喜出望外立即申请与夫君团圆。更可喜的是，申请居然获得苏维埃政府许可，于是带着女儿艾丽娅前往布拉格，那时她刚满30岁。

一家人虽然团聚了，但过着赤贫的日子。茨娃在俄侨中有诗名，经常被邀请去参加诗歌朗诵，可以得到一点报酬，可她穷到没裙子换，常常要去邻居家借裙子。好在她出身贵族世家，对物质生活看得比较淡，更喜欢谈论精神世界的事。这时她认识了丈夫的大学同学洛泽维奇，此人是位风流的旧俄军官，擅长于情场艳事，以善于俘获女性芳心闻名于布拉格的俄侨圈子，茨维塔耶娃一见到他就被彻底迷住了。

茨　娃

先前她也不是没见识过男人，她跟大

诗人里尔克、帕斯捷尔纳克、曼杰尔斯塔姆等都有过来往。可是跟这个比她小三岁，毫无文学品味的旧俄军官相比，他们全都黯然失色，实在不算什么，真的不算什么，爱情就是这么奇妙，或者说这么莫名其妙。她像安娜爱渥伦斯基那样，热烈地爱着洛泽维奇，为他痴迷，为他写诗，甚至要为他生孩子。在布拉格三年，茨娃写出了《山之歌》《终结之歌》和《捕鼠者》等，都是巅峰之作。其中《终结之歌》据说专为洛泽维奇而作，通篇充满象征主义符号，“大多数恋人/是无望的/爱只是一座/桥”。这期间她惟一的儿子出生了，许多人猜测儿子的父亲是洛泽维奇。

接下来的岁月，茨娃随丈夫先到巴黎，后来返回莫斯科——丈夫实在受不了寄人篱下的侨民生活，率全家回苏联，那是1939年。可是回国后马上大难临头，女儿艾丽娅谈了个男朋友，后来被证明是个线人，奉契卡之命来监视她家，艾丽娅不久就被抓去劳改，紧接着丈夫以间谍罪被处决。没过多久纳粹铁蹄踏过边境线，莫斯科全城疏散，茨娃带着儿子被遣送到一座东部小城。她与另一个诗人联名向作协申请做工，两人分别洗盘子做更夫，结果做更夫的获得批准，她被拒绝。6天后她选择了自杀。

茨娃像安娜一样自杀了，好在洛泽维奇不是渥伦斯基，他还是很珍惜茨娃的爱情的，一直保留着她那些诗一般美妙的情书——应该说那些情书比诗歌更美妙，是茨娃最热烈的内心流露。洛氏去世前把它们送回苏联，交到茨娃女儿艾丽娅手里。艾丽娅终生未婚，看过情书不禁脸红心跳，不敢相信出自妈妈笔下。可这些滚烫的字句确实是妈妈写的，女儿大概会想，要是写给爸爸就好了，可它们不是写给爸爸的，写给的是另一个男人。

艾丽娅决定把这些情书尘封起来，规定到21世纪才准面世，那是20世纪60年代的事。时光过得真叫快呀，21世纪转眼已经到了，所以今天我们见到了那些情书。它们的面世丝毫无损茨娃的形象，相反让我们见到了女诗人真实的另一面，更加理解为什么在布拉格的时光那么窘困，她写出的诗歌却如此动人。

茨娃作品中文版

伊文斯卡娅

文学离不开女人，俄罗斯文学更是如此，似乎每个俄罗斯大作家背后，都有窈窕的女性身影在游荡：普希金背后有安娜；叶赛宁背后有邓肯；站在帕斯捷尔纳克背后的，是奥尔加·伊文斯卡娅（Olga Ivinskaya, 1912-1995）。当然这话也要反过来说，要不然女权主义者该生气了，是伟大的女性滋养了俄罗斯精英：梅克夫人资助柴可夫斯基；莉莉娅滋润马雅可夫斯基等，都是例子；还有那些忠贞的十二月党人的妻子们，随丈夫流放西伯利亚荒原，其情其义可谓惊天地泣鬼神。

帕斯捷尔纳克生活的岁月，似乎有别于任何其他的时代，人生遭遇自然也更富于传奇。1946年的一天，帕氏去文学杂志《新世界》编辑部送稿子，看见一位姿容艳丽的少妇，两人一见钟情，展开了随后十几年生死恋，那年帕氏56岁，比少妇年长22岁。这位少妇就是伊文斯卡娅，《日瓦戈医生》女主角拉拉的原型。伊文此前有过两段婚姻，前夫一位悬梁自尽，一位战死沙场。帕氏说服她离开杂志社，成为他的私人秘书。那时他正着手写作《日瓦戈医生》，迫切需要助手，有这样一位红袖添香实乃上天的恩赐。

伊文点燃了帕氏的爱情火焰，他为这位红粉知己写了许多动人的诗章。伊文也以热情回报，除了倾听他朗读情诗和小说片段，跟他学习翻译泰戈尔等域外诗人外，还为他处理各种通联和出版事宜，为此遭到帕氏家人的抵制，帕氏夫人甚至扬言要惩罚她。更严厉的惩罚来自官方，1950年伊文被捕并判处劳教，这件事沉重打击了帕氏，他为此几乎放弃写作，只求伊文能平安回来。据伊文在1978年出版的回忆录说，劳改期间她不堪重负流产了，那是她与帕氏的孩子。

斯大林死后伊文获释。迎接伊文出狱时，帕氏差点没有勇气面见她，因为他知道她是为他而坐牢的，好在伊文精神尚好容貌依然，依旧是他心中的缪斯，他这才松了一口气。1958年帕氏获得诺贝尔奖，遭到苏联各界同声谴责，被作协开除会籍，两年后郁郁而亡。伊文斯卡娅认识帕斯捷尔纳克时，是一个单身妈妈，带着与前夫生养的一儿一女，她因为陪伴帕氏走过人生的最后13年，自己也成为俄罗斯文学史上的一个传奇。

事情到这儿，本来是可以画一个圆满句号的，可是前面说了，那是一个特殊的年代，特殊的年代注定要有特殊的结局。1997年克格勃档案解密，伊文斯卡娅1961年写给赫鲁晓夫的一封密信也公之于众。信中叙说自己这些年受命监控帕氏，如何说服他拒领诺贝尔奖，又如何阻止他与国外出版商联系等等。实际上是克格勃的线人，请求赫氏释放她的女儿。此信曝光舆论哗然，伊文的回忆录也变得真假难辨，“爱情女神”的形象一落千丈。这一切，帕氏生前都不知道，他安息在遥远的天堂，尽享伊文带给他的玫瑰芬芳。

莫斯科姐妹花

2010年法国国家邮局发行了一套三枚邮票，纪念一位叫艾尔莎·特利奥莱（Elsa Triolet，1896-1970）的俄罗斯女子。艾尔莎出生在莫斯科，与姐姐莉莉娅被称为京城姐妹花，当时的许多欧洲大画家，如马蒂斯、夏加尔等都竞相为她俩作画。两姐妹从小接受良好教育，弹得一手好琴，会说法语和德语，艾尔莎还尤其喜欢诗歌。1915年她结识了当时炙手可热的诗人马雅可夫斯基，有一次邀请他回家做客，不料他疯狂爱上了已婚的姐姐莉莉娅。

莉莉娅的丈夫是位神秘人物，明里是个诗歌评论家，写得一手好文章，暗里又是个克格勃，经常出没于柏林、布拉格。一次莉莉娅将自己与马雅可夫斯基的事和盘托出，丈夫本来与马氏相熟，他听后平静地说：面对马雅可夫斯基这种男人，哪个女人能说不？此后马氏与莉莉娅保持了长达15年的情侣关系，而在此期间她一直没离婚，这事被莫斯科社交界引为笑谈。1930年马氏自杀身亡，不久莉莉娅离婚，改嫁一位红军将领。

妹妹艾尔莎同样生性浪漫，她嫁给了一个叫特利奥莱的法国人并移居巴黎，虽然没过多久就离婚了，但终生保留着这个夫姓。她将大量俄罗斯未来派诗歌译成法文，这当中也包括了马雅可夫斯基的阶梯诗歌。20世纪30年代初法国作家代表团访问苏联，艾尔莎随行做纪德和马尔罗的译员，可见她的法文如何了得。那时候欧洲人热衷于去遥远的太平洋寻梦，把塔希提视为艺术天堂，似乎不去一次塔希提就算不上文艺家。高更去了，史蒂文生去了，毛姆去了，艾尔莎不甘落后也去了一趟。当年阳光灿烂的塔希提，犹如当今汉人心中的日光城拉萨。

她一路上都给莫斯科的一位好友写信，跟他讲述在塔希提的见闻，好友将来信拿给高尔基看，高尔基说不错呀，她为什么不写作呢？于是艾尔莎开始写小说，不过当时的苏联文学已经逐渐受控于政治，她的写作风格显然是不受欢迎的。眼见用俄语写作在苏联无法出版，她改用法语写作，同时认识了比她小一岁的阿拉贡（Louis Aragon, 1897-1982）。

阿拉贡自幼与母亲和姐姐一起生活，直到一战爆发他被征兵上前线前夕，才知道母亲是外婆，姐姐才是妈妈。原来跟小仲马一样，阿拉贡也是个私生子，母亲被一个比她年长30岁的老男人勾引，生下他时才17岁，为掩人耳目母子只好以姐弟相称。阿拉贡被自己的不幸身世所震撼，后来加入法共成为机关报《人道报》的主要撰稿人。

艾尔莎与阿拉贡相遇相爱，随后结婚终生相守42年，完成了人世间一段圆满的姐弟姻缘。两个人在这42年当中，都到达了创作的巅峰期，尤其是阿拉贡，先后写出长篇小说《受难周》和《处决》等，成为20世纪最重要的法国作家之一。阿拉贡写过一首长诗献给爱妻，题目就叫《艾尔莎》，被认为是其最优秀的诗歌。艾尔莎的后半生是用法语写作的，成就最大的是短篇小说。小说集《第一回合两百法郎》描写法国人如何抵抗德军的占领，获1944年龚古尔文学奖，是第一位获此殊荣的女作家。

痴情如列奥

伍尔芙

“女人如果想写作，就必须有钱，还要有一间属于自己的房间。”这是弗吉尼亚·伍尔芙（Virginia Woolf, 1882-1941）的名句，也是女权运动的标志性语言。30岁那年，伍尔芙（那时还不叫伍尔芙，随父亲姓斯蒂芬）遇到一个叫列奥纳德·伍尔芙的作家，经不住追求嫁给了他。列奥比她大5岁，是个传教士，曾在遥远的斯里兰卡生活过7年，7年的传教经历将他变成一个清教徒，把精神生活看做高于一切，视物质如粪土，回到英国后除了写作，什么也不做，自然也没什么钱，按伍尔芙的说法，他是个“一文不名的犹太佬”。

伍尔芙从一开始就对他没有激情，说跟他接吻就像吻一块石头。但列奥对她一往情深，无比忠诚，他究竟迷恋她什么呢？应该是无与伦比的才智。与他那点文学小伎俩相比，伍尔芙简直就是功夫大师，他觉得自己能与一位文学女大师相伴终生，是一种莫大的幸福。可是这位二流作家并不知道，正是他的深情，窒息着伍尔芙的灵魂空间，以至于她毕其一生要得到的，只是“一间属于自己的房间”。当然，房间在这里是一种比喻，象征女人对家庭外广阔世界的渴望。

《伍尔夫读书心得》书影

1941年3月，在写完最后一部小说《幕间》后，伍尔芙再次患上抑郁症，此前她曾经多次抑郁症发作，每次都有自杀的企图。这次发作的诱因，一方面是纳粹大轰炸毁掉了她的伦敦家园，另一方面则是自传出版后，没获得文学界的热烈反响。当然最重要的，还是与列奥不死不活的婚姻。25日她给列奥留了一纸遗言，沉思三天后穿上大衣，往口袋里塞满小石子，纵身跳入附近的乌兹河，完成了生命的最后一跃。遗言是这样写的：

“最最亲爱的，我确定又犯病了，那种情形很难忍受，这次过不去了。我开始有幻听，没法集中注意力，所以只好采取这种最佳解决办法。你给了我能给到的最大快乐，举凡一个人能做到的，你都做到了。想不出若没有这种病，世上有哪两个人在一起，会比我们更快乐。我没法再熬下去了，我知道自己毁了你的生活，要不是因为我，你还可以继续写作，我知道你会的。瞧，连写这几行字，我都写不好了。我看不了书，我只想说，我今生的幸福都是你给的，你对我极尽耐心，好到不可思议，我要这样说，别人也都明白。若是这世上有谁能拯救我，那只能是你。一切都没有了，只剩下你对我的好。我不能再毁掉你的生活。想不出有哪对伴侣，能拥有我们那样的幸福。”

这条遗言所包含的自责和对丈夫的宽容，让无数伍尔芙粉丝耸然动容。伍尔芙的晚年有钱，也有自己的房间，但是她死了。她的遗体20天后才找到，列奥纳德把妻子葬在自家花园的一棵榆树下。列奥后来又活了20多年，还结过一次婚，但死后留下遗嘱，将自己的骨灰撒在伍尔芙的坟头周围。

坟墓里的对手

漂亮女艺人通常嫁给谁呢，无非两种人，富有的大老板或者英俊的男艺人，不过也有嫁作家的，比如梦露嫁给阿瑟·米勒，邓肯嫁给叶赛宁，胡茵梦嫁给李敖等等……2010年8月去世的派翠西·妮儿，是获奥斯卡金像奖的好莱坞女明星，曾在《蒂法尼的早餐》中饰演女主角，名气儿也不小，她嫁给了一个叫罗尔德·达尔（Roald Dahl, 1916-1990）的英国作家。这个达尔在中国没几个人知道，在西方可是个家喻户晓的人物，因为他的儿童小说写得太棒了。

达尔其实是挪威人，父母由挪威移民英国，但有很强烈的民族自豪感，给儿子取名叫罗尔德，是希望儿子能像罗尔德·阿芒森那样给挪威人争脸面。阿芒森是何许人呢？是挪威人的骄傲，被称为人类历史上最伟大的极地探险家，率先进入南极和北极，后来在一次飞行营救中失踪于巴伦支海，估计是坠机遇难了。达尔确实也富于冒险精神，年轻时曾骑车漫游广阔的纽芬兰，后受聘壳牌石油公司前往坦桑尼亚，见识过非洲腹地的毒蛇猛兽，二战爆发后加入英国皇家空军，曾在地中海上空击落纳粹轰炸机。

说到达尔对文学的爱好，得归功于他的父母。父亲老达尔热衷于写日记，记的不是个人琐事，是对国内外事件的看法。母亲喜欢讲挪威民间传说，尤其喜欢讲鬼怪幽灵，把小达尔吓得目瞪口呆，他后来创作的许多悬疑故事都受此影响，擅长制造惊悸的氛围。1942年达尔被派往美国，在那里遇到一个喜欢文学的上司，这上司主管对美国的战争宣传，对文字要求很严格，新人一到就要求提供稿子。达尔花十天时间写出自己在利比亚的空战经历，交稿后上司写来一张字条：你知道自己是一位作家吗？我一个字也没改。

达尔与前妻妮儿

达尔的写作自此一发不可收拾，海明威给他两条建议，第一不要随便用冒号，第二写得太顺删掉重来。他谨记在心受用终生。他的代表作小说是前些年改编为电影的《查理和巧克力工厂》，孩子们坐船上，穿行于巧克力糖浆的河流中，不小心掉河里会变成一朵蘑菇，或一枚蓝色草莓，丰富的想象力令全球儿童如痴如醉，后来在评选当代最受欢迎的儿童作家时，达尔竟然战胜了《哈利·波特》的作者罗琳，那时达尔已去世多年，被称为坟墓里的对手。

文学的形式多种多样，达尔最擅长创作的还是悬疑小说。我译过他的短篇佳作《女房东》，小说不到一万字，对话波澜不惊，温情脉脉，直到最后读者才看出来，客栈老板娘有个恐怖的爱好，喜欢制作宠物标本，有小狗小猫，也有小帅哥。她开客栈的目的就是等待小帅哥自投罗网，供她制作人体标本，她已经制作了两个，等来的是第三个。

不知是丽人太花心还是作家太风流，郎才女貌有时结局并不妙。前面提到美女嫁作家的三个例子，后来都以离婚结束，达尔与妮儿也没能例外，他们的婚姻维持了30多年，算久的了。达尔没有如父亲所愿成为极地探险家，但他在文学领域的探索，同样艰苦卓绝，令人景仰。

美丽与美妙

瓶装水如今已司空见惯，沿海一些中产阶级家庭，时常用私家车将大瓶大瓶纯净水拉回家，认为这是一种生活品质，其实这是很可怜的。人类把江河弄脏了，只喝瓶装水，把空气弄脏了，也可以嗅瓶装空气，可是靠瓶装为生的人类又能苟活多久？奥·赫胥黎（Aldous Huxley, 1894-1963）出身于赫胥黎家族，家族中除了写《天演论》的爷爷老赫胥黎，他算是最有名的了。不同的是爷爷研究生物，认为物竞天择适者生存，他则迷恋文学，描写他预言的美妙新世界。所谓美妙新世界是指他的代表作小说《美妙新世界》（Brave New World），它继承了英国文学对现代文明的批判传统，将弗兰肯斯坦的寓意做了更充分的解读。弗兰肯斯坦是雪莱夫人玛丽·雪莱描写的机器怪物，这怪物由人创造，反过来戕害人。

赫胥黎：《美妙新世界》英文本

为写这本书，赫胥黎参观过英美两国的飞机和汽车厂家，熟悉现代工业的生产流程，他对用工业手段实现乌托邦的企图是持嘲弄态度的，因此书名中的“美妙”

二字显然有讥讽意味。各国译家对如何翻译Brave这个词大伤脑筋，这段话取自莎士比亚喜剧《暴风雨》里一幕：啊，好一个美妙新世界，竟然住着那样的人！可作为书名要传达出嘲讽的意思，是要费点神的，法文版译作“最棒的世界”，德文版是“美丽新世界”，意大利文版直接译成“新世界”，西班牙文版则译作“快活的世界”，个中的微妙差异，不同的民族有不同的理解。

对于此书的由来也有过争论。赫胥黎说是受英国作家威尔斯的科幻小说《人如诸神》的启发，区别在于对于人类的未来，威尔斯是乐观的，而他自己要悲观得多。不过有细心的读者指出，这本书显然受苏俄作家扎米亚京所写《我们》的影响，不但观点相似，连情节都有雷同。扎米亚京是莫斯科出版社的编辑，曾校订过威尔斯小说的俄文本，《我们》出版于1921年，用嘲讽的笔法描写虚幻的乌托邦乐园。

对此赫胥黎给予回应，说自己早有写作反乌托邦小说的念头，此前从未读过什么扎米亚京，但《我们》英文本译者伦德尔没给赫面子，说赫确实读过他的译本。扎米亚京本人对此事没有表态，也不可能表态，在高尔基的斡旋下，斯大林下令他偕家人离开苏联，后来他流亡法国客死巴黎。这桩公案究竟谁是谁非没有定论，不过有一点是可以肯定的，十月革命后的苏联文坛并非如我们想象的那般万马齐喑，从马雅可夫斯基、阿赫玛托娃到普拉东诺夫、扎米亚京，俄罗斯民族依然用自己的智慧滋养着人类文明。

1963年11月22日美国时任总统肯尼迪遇刺身亡，几个小时后有两个作家相继去世，一个是爱尔兰作家刘易斯，也即如今风行一时的儿童文学系列《纳尼亚传奇》的作者，另一个就是赫胥黎。据说肯尼迪遇刺给他造成巨大精神创痛，他本来就深受喉癌之苦，听到消息后黯然神伤，因不能出声给太太写了张纸条：肌内注射LSD100克。LSD是一种非常厉害的中枢神经迷幻药，剂量大了会致命。太太遵命执行，两小时后又打了一针。就这样赫胥黎在美妙与安乐的幻觉中走了，他一定不愿去他那美妙新世界。

猪领导的革命

奥威尔

乔治·奥威尔（George Orwell, 1903-1950）只活了47岁，却无比精准地预言了30多年后，也即1984年人类社会的某种结构——说穿了也就是后极权结构，让人不得不相信，无论社会走入怎样的迷途，总会有佼佼者站出来将真相告诉世人。奥威尔是个笔名，他的真名叫埃里克·布莱尔，与那个支持小布什打伊拉克的英国前首相同姓，不过两人并无血缘关系。奥威尔所属的这个布莱尔家族主要在海外发展，他生于印度的比哈尔邦，戏称自己的家庭出身是“下中农”。好在他尚在襁褓就随妈妈回英国，后来进伊顿公学，有幸聆听赫胥黎的孙子小赫胥黎授课。这个小赫胥黎也相当了得，后来写出长篇小说《美妙新世界》，是英国现代文坛上的一位重量级作家。

奥威尔后来去过世界许多地方，包括缅甸和新加坡，并参与了西班牙内战。这场战争吸引了全世界的目光，不少文化人加入国际纵队前来增援共和政府，包括海明威、马尔罗。奥威尔到达前线后，因个头高挑屡次受到警告，要他别在战壕里探头探脑，以免被冷枪击中。可子弹怎能阻止作家的好奇心呢，他还是忍不住时常抬头张望，终于有一次被对面狙击手逮住，一枪打中他的脖子。幸运的是子弹没伤到动脉血管，他保住了性命，但损伤了气管，造成他终生发音困难，每次说话都瓮声瓮气的。

共和政府失败后，奥威尔拖着受伤的身体和受伤的心回到英国，莫洛托夫与里宾特洛甫签署的苏德协议更让他万念俱灰，他躲到伦敦郊外的农场一边种土豆，一边思考人类的未来，开始写一本前无古人的寓言《动物庄园》。这本书叙述了一场由猪领导的革命，猪为了反抗人的残酷剥削，合力将人赶走，但后来猪自己又成为更残暴的剥削者，比人残暴多了。书稿强烈讽刺了斯大林的专制统治，在二战结束的1945年面世，被认为是东西方冷战的开始。

不要以为奥威尔的能量就此全部释放了，他的身体是虚弱的，但内心正聚集更为强大的力量。在此后的四年里，他一直潜心创作一部更睿智的书，这次不是寓言，是一本真正的长篇小说，一本将政治与文学全面融合的新著。它描述了一个至高无上的老大哥，还有他那些无处不在的小耳目，任何人想反抗他都会被无情消灭，直到九九归一，所有人心甘情愿进入乌托邦世界。这本书叫《1984》，1949年出版。

1949年描写的1984年，得到了准确印证，苏联的解体也与作家的预测相吻合，如今的后极权统治也只剩下朝鲜等几块活化石。小赫胥黎认为，对人类未来社会的预测，《1984》超过了《美妙新世界》，当年的学生超过了老师，他为此感到欣慰。1949年10月奥威尔与一位红颜粉丝在医院病房举行婚礼，这是他的第二次婚姻。三个月后他死于肺出血，根据他的遗愿，无论死在哪里都葬在距去世地最近的教堂墓地里，墓碑署名埃里克·布莱尔。碑文没有任何一处提到乔治·奥威尔这个笔名，似乎这个名字与他个人无关，属于全人类。

版权继承人

马修是个幸运的孩子，因为他有一位举世无双的外婆：推理小说女王阿加莎·克里斯蒂（Agatha Christie 1890-1976）。马修从小就不缺生日礼物，9岁那年的生日礼物尤其特别，那是一纸协议，外婆把刚写好的《捕鼠器》版权署上他的名字，在以后的25年里，这个剧本在伦敦圣马丁大剧院每周上演8场，光是伦敦的票房收入就达800万英镑，还不算世界各地的版税。一个人有这样的外婆，想不笑都难。好在如今阿加莎成了我们所有人的外婆——南方人有时会把外婆叫阿婆，以示尊崇和爱戴。阿加莎活到86岁高龄，阿氏的中国粉丝们都喜欢叫她阿婆。

阿婆对吃特别在意。据马修回忆，他童年时与阿婆一道在德文庄园生活，阿婆生活简单，但也十分挑剔。一次来了个新厨子，做了几样下午茶点心。往常吃的烤饼是抹奶油和果酱的，这次上来的抹的是黄油。阿加莎问奶油呢？厨子说奶油上有一层霉，不能吃了。阿加莎说去掉那层霉不就行了，哦，你已经扔了。厨子说是的，可是夫人，您怎么知道？还可以举一个例子，她初到纽约，姨妈问她来纽约最想做什么？她怯怯地说想吃一顿自助餐。那时自助餐风行美国，而英国人还没见过。阿婆想率先感受这种“拿

外婆阿加莎

着餐具自己选菜”的风尚。

阿婆的“捕鼠器”，一捕就把外孙捕了一辈子。马修自成年起，就负责照管阿婆身后的巨大利益，这利益除了财富，还有阿婆的名声。阿加莎早年曾有过一次出走，她发现丈夫有外遇，于是驾车离家远行，是当时轰动一时的社会新闻。过了11天，才在一家偏僻的酒店找到她。对于这11天的遭遇，阿婆自己沉默不语，家里也达成默契从不过问，但是外界的猜测一直不断。20世纪80年代好莱坞把这事翻了出来，编了一出双方婚外偷情的故事，还找来奥斯卡影帝达斯汀·霍夫曼和戛纳影后范尼莎·雷德格雷夫分别出演男女主角。这下马修不爽了，岂能任由别人这样捉弄外婆？他花重金请来律师，成功将电影封杀。

阿婆只有一个女儿罗莎琳，罗莎琳只有一个儿子马修，众人可能以为阿婆把所有的财产都留给了马修，其实不是的，她把不同小说、剧本的版税，给了不同的人，马修只是其中之一。比如《睡梦凶杀》她给了后任丈夫，《窗帘》给了罗莎琳，马修除了照管好分给自己的那一份，还要为其他作品做版权代理。

按照国际版权公约的约定，马修还有15年时间继承阿婆的版税，到2026年止。2026年以后阿婆的作品将属于全人类，可以免费出版，演出。不过马修已经开始做前期工作了，不久前把德文庄园捐给了国家基金会。他本来是可以把那座庄园挂牌出售的。“可是买家很可能会把它改建成阿加莎酒店或阿加莎按摩院，把一切弄得面目全非，与其这样，还不如把原貌留给后人。”马修说。

线人与六便士

晚年毛姆

作家因为有敏锐的观察力，常常会被情报部门相中，去做一些潜伏卧底之类的事。二战期间海明威就曾与中情局合作过，他假装在古巴海边钓鱼，其实钓的是德国潜艇，是加勒比情报网上的一环；007的作者弗莱明为英国皇家海军情报部服务，爱伦堡时常自由出入苏联，被认为有克格勃背景；格拉斯缄默60年，到晚年才承认自己年轻时加入过党卫军，引起一片哗然；至于昆德拉，争论就更多了，据解密的捷克档案材料显示，他曾做过秘密警察的线人，专门监视文学界的同事，但昆德拉本人对此坚决予以否认。既然这么多作家都与情报有关，近年爆出冯亦代、英若诚、黄苗子等做过线人，也就不足为怪了。

其实做线人光彩不光彩，主要取决于那眼线盯梢的是谁。在未获诺贝尔奖的作家名单中，毛姆（W. Somerset Maugham，1874-1965）的分量沉甸甸的，比不少获奖的作家还沉。据说他特别善于看面相，通过面部表情可以看出对方说话的真伪，这样一个神人，军情六处当然不会放过他。一战期间协约国与同盟国正打得你死我活，沙俄忽然发生内乱，这时一个英国情报官找到毛姆，要他密往俄国，说服当时的临时政府继续与英国结盟。

不料才过两个多月，临时政府被布尔什维克推翻了，这时毛姆才到瑞士，为此他懊恼不已。他后来好几次提到，如果早几个月给他这个差事，历史可能会重写，布尔什维克就上不了台。我们在有关俄国十月革命的电影里，会看见一个穿燕尾服的英国间谍，像鬼影一样四处穿梭，毛姆渴望扮演的大概就是那个角色了。

写作与冒险是一对孪生兄弟，有人为写作而冒险，比如马尔罗钻进柬埔寨的茂密丛林，试图找到通往吴哥窟的王家大道；有人因冒险而成为作家，比如吉卜林以自己侨居印度北部的生活为背景，写出《丛林故事》并获诺贝尔奖。毛姆的探险则远达太平洋上的塔希提岛，为的是追寻高更的足迹，为小说《月亮与六便士》搜集素材。这部小说的书名曾引发许多猜疑，各国评论家们撰写长篇大论，分析月亮与六便士究竟各自代表什么，为什么是六便士，而不是五便士或七便士？

毛姆的解释很简单，他在给友人的一封信中这样说：假若你整天在地上找寻六便士的硬币，就会错过头顶的月亮。六便士是当时英国货币里的一种硬币。毛姆活了90多岁，一生经历丰富，可谓九死一生。这老头虽有妻室儿女，但同时也喜欢壮硕的小伙子，晚年陪伴他的小男生叫赛尔，自幼在伦敦贫民窟长大，这件事导致毛姆与女儿丽萨打了一场官司。

丽萨早就在父亲的回忆录里发现，父母还未结婚，自己就出生了，很生气。后来又见老头修改遗嘱，把原先留给她的财产，包括古玩藏画等转而由赛尔继承，更是气不打一处来：一个贫民窟小子怎么懂得艺术？她把父亲告上法庭，结果法庭判女儿胜诉。不过老头也挺倔的，他把手稿和作品的版权留下来，全部捐给皇家文学基金会，设立毛姆文学奖，专门奖励35岁以下的年轻人。如今一个英国作家能获得毛姆文学奖，是一项很高的文学荣誉。

《月亮和六便士》中文版，上海译文出版社版

弗莱明与邦女郎

说文学是有钱人的玩物，这话一点都不假。史上不少大文学家都出身豪门，过着衣食无忧的日子，优裕到忧郁，要出门看世界，看着看着忍不住要写，于是成了作家。伊恩·弗莱明（Ian Fleming, 1908-1964）就是这样一个人，他爷爷是开苏格兰信托公司的，父亲是国会议员，他在念伊顿公学之前，先就读于英吉利海峡边的一所预科学校。那学校旁边有一座城堡，属于邦家族，这个家族最有名的人物是伊丽莎白时代的间谍约翰·邦。弗莱明本来就不爱念书，平日喜欢去城堡边溜达，他一定看到过城堡上铭刻的那句话：光有这世界是不够的。那是约翰·邦留下的名言。

世人大概以为弗莱明写出12本“007”小说，是基于他丰富的想象力，其实不然，他不是光靠想象写作的，他本人就是英国皇家海军的一个特工，最得意的行动是1939年4月指挥营救阿尔巴尼亚国王佐格。国王夫妇当时被意大利宪兵软禁在地拉那的王宫里，弗莱明先安排两个瘦弱的垃圾工进府宅做清洁，数小时后府宅门口的一辆车着火，趁着卫兵赶去救火，两个垃圾工登上垃圾车离去，不过这次穿垃圾服的不是垃圾工，换成了国王夫妇。据

弗莱明

说1941年5月纳粹二号人物赫斯，也是因中了弗莱明的圈套，飞到苏格兰束手就擒的，当时弗莱明向纳粹发出假情报，说英国境内的反丘吉尔势力想与纳粹合作，共同推翻丘吉尔。

战争结束后弗莱明没事干了，为了排遣寂寞他开始写小说，把他脑子里那些早已策划好却没机会实施的种种阴谋，以小说的形式展示出来。里面的男主人公其实就是他自己，但总不能叫弗莱明吧，叫什么呢？他联想到英吉利海峡边那座城堡的主人，于是取名叫邦。弗莱明并不知道这个姓氏在日后产生的轰动效应——如今无数美女都梦想成为邦女郎，他生前只见到自己的两部小说被改编成电影。他更没想到为了延续邦女郎的梦想，身后会有人以邦为主角，写出一部又一部007小说。

弗莱明一生酷爱女人，但这个满脑子诡计的男人，一生都摸不透女人的心。英国女作家莱曼在《弗莱明传》里说："伊恩的麻烦在于，他搞不好跟女人的关系，所以只好与她们发生关系。"这评价可谓睿智之极。爱女人的弗莱明自然不会让心爱的邦在孤独中度日，总要安排数不清的艳遇，在海边，在酒店，让邦在为国效力的同时尽享无边春色。不过他笔下的女人都没什么头脑，为此常常被太太取笑，太太出身名门，一贯瞧不起邦女郎。

弗莱明进入中年后患上心脏病，医生建议他别喝杜松子酒了，他答应了医生的请求，转而喝上了度数更高的波旁酒。这个邦女郎的爸爸其实没有女儿，一个也没有，只有一个儿子卡斯帕。1964年弗莱明在卡斯帕12岁生日那天，因心脏病发作去世。

他非常爱卡斯帕，曾专门为他写了一部儿童小说《魔车》，还请大画家做插图，讲述一个发明家买来一辆老爷车，改装后显示出超常功能，不但会自动绕开塞车路线，还可以腾空飞越海峡。在处处堵车的今日世界，谁能拥有一辆弗莱明设想的那种魔车，应该是一种幸福。不幸的是卡斯帕并不幸福，在父亲去世八年后自杀身亡。

嫁给遥远的东方

韩素音

中国女人嫁给洋男人不稀罕，估计十对中国人与白人的婚姻当中，有九对是华人女子嫁给洋男人的，我感兴趣的是剩下那一对，白人妇女与中国男人结婚过日子，会是什么样的结局？前不久韩素音（Elisabeth Comber, 1917-2012）去世了，我想到了她的自传三部曲，《伤残的树》（1965）、《凋谢的花朵》（1966）和《无鸟的夏天》（1968），三本薄薄的小书，都是三联出版的。那是20世纪80年代初，翻译过来的外国作品还不多，韩是被当作外国作家介绍进来的。韩素音当然是外国作家，至死保留的都是英国国籍，但她身上有一半中国人的血，她父亲姓周，是最早从四川出去学工程的留学生之一。

因为混血儿身份，韩的兄弟姐妹在欧洲吃尽各种苦头，哥哥因此在开罗自杀，姐妹也远离中国，只有她的心依然强悍，始终朝向父亲的母国。也许是一种强烈的民族自尊心在起作用，韩素音为1949年以后中国发生的一切都叫好，在疯狂的六七十年代，她是少数几个为“文革”辩护的西方作家之一。也正因为有这段经历，韩素音被视为亲共作家，始终未曾获得诺贝尔文学奖的提名，不但没提名，还经常遭到讥讽。由于独特的人生背景，韩的作品中，自传占很大比例。前面提到的自传三部曲，只是其自传系列的一部分，她最有名的作品《华美人生》也有自传成分，曾被好莱坞拍成大片《生死恋》在全球放映，轰动一时，电影的拍摄背景主要在香港。韩还写过一些小说，同时为毛泽东和周恩来作传。

我个人对她的自传三部曲印象比较深，作品写得朴素而真实。我们读大作家的作品，会发现成名前写的常常感人，但凡成名后的作品，往往虚张声势，甚至力不从心。作家被声名所累，强撑着，总想写得宏大些，结果宏大是宏大了，自我也不见了，一部作品没了自我，哪里还看得？《母亲》据说是高尔基的代表作，可我从来不喜欢，我最喜欢的还是他的《童年》《在人间》和《我的大学》自传三部曲。韩素音也一样，如果她没有那些自传作品，只去写毛周，世界不会记得她，因为写毛周的人多了去了。

韩的三部自传中，又以《伤残的树》最好。讲述她父亲当年如何自诩中国大户人家的子弟，把四川吹得天花乱坠，有李白，有杜甫，有薛涛——估计使的招跟非洲黑小伙哄北京姑娘，说自己是酋长的儿子也差不多，结果骗得一位比利时妹妹的芳心，那妹妹就是韩素音的妈妈。韩妈妈后来随韩爸爸回到故乡，才发现20世纪初的四川，跟20世纪初的中国一样，灾民成群，兵痞横行，一幅乱世迷局，逃难都逃不及，哪来什么天府之国的桃花源景象？韩妈妈大为失望，最终带着儿

晚年的韩素音

女回到欧洲。

由此我想到了另外两个嫁给中国男人的洋女人，一个德国女子叫王安娜，嫁的是中共地下党员王炳南，后因受到敌特猜疑离异，男王逐渐晋升为高官，做到对外友协会长，女王在巴黎度过余生。最动人的是那个奥地利女子瓦格纳，30年代嫁给了一个国民政府的警官，后来丈夫早死，她独自在浙江东阳的一个小乡村里，抚养几个黄头发蓝眼睛的儿女，期间经历了肃反反右“文革”，可谓九死一生，在中国农村生活了58年，成为20世纪的一个传奇。问她为什么不回奥地利，她说这里有先生的骨灰，有她的儿女，她爱的一切都在这里了。20世纪80年代，瓦格纳老人回过一次维也纳，站在那些富贵的亲戚当中，她真像一棵伤残的树。

指尖上的舞蹈

我们都知道一般人感知世界，要通过视觉、听觉、嗅觉、味觉和触觉，可对于海伦·凯勒来说，她主要靠触觉，要么由苏利文小姐将字母写她手心上，要么她自己去触摸。比如认识水，她会将手放进流淌的河里，体会凉爽的液体徐徐流动，从而知道什么叫水。她还可以通过触摸人的嘴唇，知道对方说什么。海伦虽然看不见也听不见，但依然能感受生命的阳光，而我们许多人耳聪目明，心灵却是闭塞的。

然而不可否认的是，这种方式毕竟有其局限性，她自己也明白这一点，明白世上还有许多活动，是她未知的领域，比如跳舞。她知道女人喜欢跳舞，她也很想像她们那样驾驭那些动作，可是什么是跳舞呢？这个问题一直困扰她，是她深藏内心的隐秘。1952年，海伦已经72岁了，想到这个问题依然没能解决，她不免有些焦虑。她想起40多年前与大文豪马克·吐温见面的情形，那时他也是72岁。

那年冬天她去康乃狄格州探望老马，他见她到来异常开心，先请她喝热咖啡，又牵着她的手上楼，推开窗户告诉她，外面是白雪皑皑的群山，雪山与杉树林构成冬天的美景。其实15年前他们见过面，马克·吐温一直很欣赏她，期间通过书信保持着友情。那天告别时，老马忽然显得有些孤单，说别急着走呀，永恒很漫长，大海可以等待。她预感跟他说再见，可能再也见不着了。她的感觉是准确的，大文豪第二年溘然长逝。

原来那些年马克·吐温遭遇了一连串人生打击，先是最宠爱的女儿苏西死于脑膜炎，接着另一个女儿因癫痫病发作，在浴缸里溺亡，尔后爱妻因过度悲伤心脏病猝发去世，他把这一切都深藏心里，装出若无其事的样子，跟海伦说笑话，说各种幽默故事逗她开心。每每忆念到此，海伦就感到悲伤，深深意识到命途多舛人生无常，也正因为到了这个年纪，有了这份阅历，她更觉得凡不明白的事情，要尽快去明白。

这年年底，海伦由朋友引荐认识了现代舞师母玛莎·葛兰姆，在玛莎的陪同下来到学校练功房。她触摸了地板、舞鞋，感受着舞者移动的方向，忽然问玛莎：什么是跳跃？玛莎跳了一辈子舞，还从未被问过这个问题，对常人来说，这不是问题，做个动作就明白了，可要让海伦明白，就没那么简单。玛莎叫来自己的男舞伴，让海伦把双手搭在他腰间，对他说，你跳起来，轻轻跳。

练功房里的所有人都屏住呼吸，注视着这一幕。他跳起来了，海伦的双手也随着他的身体上升，接着他向前跃了一小步，她的双手也随之往前。原来这就是舞蹈！海伦终于明白了，她用触摸的方式解开了心中的一个谜。1955年据此拍摄的纪录片《永不言败》荣获第28届奥斯卡最佳纪录片奖，片子反映海伦如何突破黑暗寂寞的世界，度过光明热烈的人生。海伦本人参加了拍摄，她双手合拢站在一群舞者中央，感受着周围风一般的旋转。

“纽漂”幸运儿

个子高高的阿瑟·米勒（Arthur Miller, 1915-2005），剧本写得挺不错的，尤其是他的《推销员之死》，曾经名满美国。20世纪80年代中国开放之初，英若诚曾与米勒一道指导北京人艺演过这个话剧，轰动整个戏剧界，让中国观众见识自奥尼尔、威廉姆斯之后，美国的话剧已经达到怎样的境界。不过说句不客气的话，世人记得这个男人，很大程度上是因为玛丽莲·梦露——米勒是梦露的最后一任丈夫。他去世时，有的报纸用的标题，就直接说梦露前夫去世，似乎作为剧作家的米勒，还不如梦露前夫名气大。

米勒是犹太人后裔，家境不算好，念书期间就开始在纽约打工。如果我们把去北京漂泊叫北漂，那么不妨把去纽约漂泊叫纽漂。美国人若想成为作家艺术家，是不会去华盛顿的，那是一座行政味十足的城市，一到周末就人去城空变鬼城。纽约就不一样了，尤其是城南的布鲁克林，麇集了大批心怀梦想的文艺青年，有的想出诗集，有的想当画家，还有想做演员的，米勒也加入了纽漂一族，不过没漂多久就漂出头了，20多岁写出的剧本就登上了百老汇的舞台。

阿瑟·米勒与梦露

同样是漂，也要看本事和运气，没有这二者罩着，由小漂到老一事无成的流浪儿比比皆是。米勒躲在布鲁克林的小阁楼上，连续写出了《推销员之死》和《炼狱》，后者以反抗麦卡锡主义的政治迫害闻名于世，一时名声大震红遍全美。米勒是幸运的，但他的幸运还不止于此。1956年6月，踌躇满志的米勒忽然宣布与妻子离婚，紧接着不到一个月，与梦露闪电结婚，娶到了美国第一性感大美人，成为当时众人津津乐道的头号八卦。两人其实五年前就认识了，一直是地摊小报的绯闻对象，期间米勒因同情共产主义遭麦卡锡传讯，梦露所在的电影公司高层竟然以拍片做要挟，要求她不再与米勒来往，结果不仅被梦露拒绝，还被她骂作“一群懦夫”。

狗仔队一直把追踪他俩约会当做头等大事。一次一个狗仔队员开车尾随，不想注意力分散撞死一个无辜行人，此事给梦露极大刺激，她决定结束地下约会，将与米勒的恋情公开，于是两人结婚了。说实话，梦露对米勒是非常迷恋的，他身上那种温文尔雅的做派，还有宽广细腻的文人情怀，都是她梦寐以求的，这种气质棒球王迪马乔身上没有，马龙·白兰度身上也没有，她结交的许多男人身上都没有。梦露的照片成千上万，若仔细观看，会发现她与米勒相拥相偎的镜头是最甜蜜的。

不过名人就是名人，命运是无法用常理推论的，在常人看来无限美满的搭配，到了名人那里也会成为鸡肋。要让一朵交际花成为系围裙的主妇谈何容易，不是梦露不愿意，实在是做不到，她习惯于众人的簇拥，如何能做到每天磕蛋摘葱？一个是阆苑仙葩，一个是美玉无瑕，两位都是神仙下凡，可婚后的厨房常常冷火秋烟，不像是美好人间，这对才子佳人最终散伙了。离婚不到两年，梦露死了，而米勒一年后再婚，一直活到21世纪。

就这么走了

冯尼格特漫画像

20世纪80年代中开放外国文学时，有两本美国当代小说最受欢迎；一本是《麦田守望者》，塞林格的代表作；另一本叫《囚鸟》，两本书都是施咸荣先生翻译的。所谓囚鸟就是监狱里的老鸟，班房里的常客。小说讲述的是一个男人一生中三度出入大牢的故事，无论是经济大萧条、攻占诺曼底，还是麦卡锡登场、尼克松窃听，他都有可能成为牺牲品被抓起来，写的是一个人，也是一代人，文字朴实浅显，读起来容易，读懂却不容易。这本小说被归入黑色幽默系列，但作者满头的鬈发却不黑，是棕色的，名叫冯尼格特（Kurt Vonnegut, 1922-2007），也有人译作冯内古特。

二战期间冯尼格特应征入伍，在战争末期空降巴尔干半岛，遭德军伏击被俘，送往德累斯顿做苦工，一次居然对看守说：等苏联红军来，看我怎么收拾你！结果遭到一顿暴打，罚到肉联厂地下冷冻库干重活，终日不见阳光。不想吉人自有天相，他反而因祸得福，在次年盟军对德累斯顿的毁灭性轰炸中幸免于难。他最有名的小说《五号屠宰场》就是根据这段经历创作的，只是现实中的屠宰场屠宰的是牛羊，小说中屠宰的是人。被炸的德市如同月球表面坑坑洼洼，幸存的战俘被撵去收尸，死尸太多了，实在埋不过来，于是德军用火焰枪焚尸，整个城市犹如一座巨大的火葬场。

冯氏的小说是很不错的，但一直得不到认可。不过他本人并不在乎，曾在一次演讲中对大家开玩笑说：我早就写好获奖词了，只有八个字，以备有朝一日他们决定给我颁发诺贝尔奖，“You have made me an old, old man!”（我都被你们整老了！）意思是等了这么久，才给我。不过他运气不好，老是老了，也数度被提名，但最终还是与诺奖失之交臂，那八个字也没机会去斯德哥尔摩说。这老头一辈子喜欢开玩笑，比方他喜欢抽不带过滤嘴的香烟，说这是最优雅的自杀方式，曾经抱怨说，烟草商都瞎扯淡，老在烟壳上印着什么抽烟会致命，我都抽一辈子了，怎么就没见死？看来我得投诉他们。

冯氏的童年并不快乐，母亲患有间歇性歇斯底里，经常有出人预料的举动，让小冯饱受惊吓。1944年母亲节那天，母亲服安眠药自杀了，那年他22岁，正在欧洲服兵役。母亲反复无常的脾性，影响了他对女人的看法，好在他自幼有个小玩伴叫考克斯，那是他心中的小恋人。战后他回家娶了考克斯，但小恋人似乎不太喜欢他。后来两人分居，他舍不得离婚，拖了30多年，直到1979年与第二任妻子结婚前才把婚离掉。他给大儿子取名叫马克，以此表示对文学偶像马克·吐温的无限崇敬。

冯氏写到一个人死，最喜欢用的短句是“就这么走了”（So it

goes)，2007年他去世，媒体报道他的死讯也套用他的句式：《就这么走了》。他人虽然走了，但记得他的人却不少，纽约志愿者消防队专门为他下半旗，40多年前冯尼格特住在消防队对面的大楼上，曾是该队一名活跃的志愿者，花名册上至今保留着他的姓名，他住过的房间里，也至今保留着他曾用过的书桌。

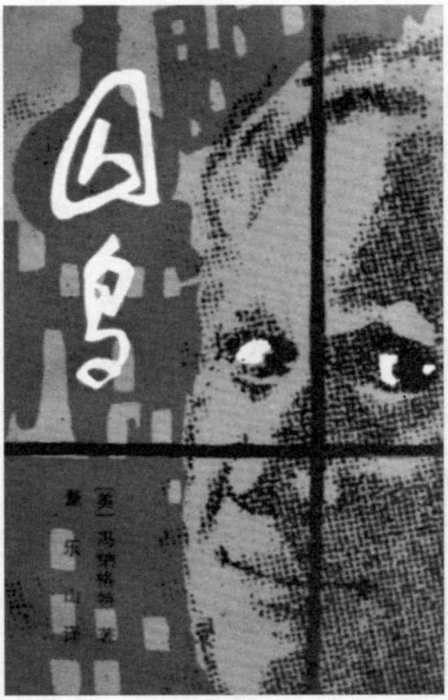

冯尼格特的《囚鸟》（中译本）

一路向北

卡萨迪

说尼尔·卡萨迪（Neal Cassady，1926-1968），没几个人知道，但是如果告诉你，他就是《在路上》里那个狄恩的原型，估计知道的人会增加很多，事实就这么残酷，卡萨迪的名气还不如狄恩。书中的狄恩个头颀长，风流倜傥，喜欢《在路上》的读者大概都忘不了。他翻窗叫唤萨尔的情节，如沥青般糊在我的记忆中。不过小说归小说，狄恩归狄恩，现实中的卡萨迪是个彻头彻尾的“茶包”（trouble），他生于盐湖城，幼年丧母，父亲是个酒鬼，他从小就不爱念书，不是在大街上晃荡，就是被关进再读学校，屡屡因小偷小摸被抓。他特别喜欢偷车，梦想开着自己的车闯荡天下，看看地有多宽天有多大，14岁被抓，15岁被抓，16岁被抓，都因为偷车，成为当地有名的少年犯。

好在他的运气还不坏，认识了一个叫布赖利的贵人。这个布赖利可不一般，是位知名教育家，特别会看人，短短接触一段时间，就发现小卡悟性极高，于是两人开始通信，探讨哲学与文学。都住在丹佛，为什么要通信呢？原来小卡又被抓了，这次他年满18岁，已到服刑年龄，被判11个月监禁。这些信件被称为狱中通信，后来成为垮掉派文学的一部分。经布赖利推荐，卡萨迪出狱后来到纽约，认识了哥伦比亚大学两学生，金斯堡和凯鲁亚克，这两人抽烟吸毒，名声不太好。卡萨迪虽然不是哥大学生，但与金、凯意气相投，很快成为校外挚友。

20世纪40年代末，卡萨迪与凯鲁亚克开始了横穿北美大陆的壮行。他们驾一辆二手破车，由东往西一路狂奔，穿越中西部经丹佛到达旧金山，实现了对新大陆的跨越，同时也获得了灵魂的超越。凯鲁亚克是受卡萨迪的启发写出《在路上》的，书里虽然有卡的影子，但卡并不喜欢，只是碍于情面没说。他不喜欢书中的什么呢？不喜欢凯鲁亚克貌似潇洒的放荡，觉得那种放荡是做给人看的。卡氏少年悲苦，贫困如挥之不去的噩梦始终笼罩着他，他所有的努力与奋斗都是希望赢得财富与尊重，这是他与那些出身富裕的垮掉派作家不同的地方。尽管有分歧，卡萨迪还是与金斯堡、凯鲁亚克、巴勒斯、弗林盖蒂保持着若即若离的联系。

《在路上》长卷手稿

60年代中期，卡萨迪携家人在旧金山郊外定居，一次他对一个崇拜他的19岁粉丝说："20年东奔西走，一无所有，孩子也不得安宁，别学我。”可是愿望敌不过命运，总有一个声音在召唤他上路，仿佛不行走不足以证明自己的灵魂还活着，没过多久他又开始沿加州海岸一路流浪到墨西哥。

1968年2月寒冷的一天，卡萨迪参加一户墨西哥人家的婚宴，席间喝得大醉，出门后顺铁轨往北走，说是要走回美国。那天风雨交加，他只穿了短袖T恤和牛仔裤，次日凌晨被发现倒卧在铁轨旁，送医院抢救无效死亡，年仅42岁。“64928”，据说这是卡萨迪弥留之际说出的数字，是什么意思，无人能解。他的传记作者猜测，这是卡萨迪在念叨，自己总共跨越了多少根枕木。这个结局虽然悲凉，倒也符合那一代垮掉派作家的命运。

兄弟如手足

中国男人喜欢讲兄弟情义，甚至有兄弟如手足，妻子如衣服的说法，那么美国男人的情谊如何呢，来看看这帮垮掉派作家的关系。1943年，17岁的金斯堡结识了巴勒斯（William Burroughs, 1914-1997），巴勒斯家境比较富有，他比金斯堡整整大一轮，已经是个老男人了，吸毒酗酒泡夜店，举凡富二代乐意参与的活动都少不了他。不过巴勒斯虽然年纪大，却情愿在文学上拜金斯堡为师，写好作品就交给金斯堡看，一点不觉得难为情。

当时巴黎的拉丁区有家小旅馆，小到叫什么名字都不知道，房间又小又暗，推开窗户外面就是墙，整个旅店只有一个公共浴池，还经常没热水。小旅馆就这样不死不活地经营着，有一天老板忽然遇车祸死了，这下苦了老板娘，一个女人家怎么操持？她想起早年曾在一家咖啡馆干过，那里因为经常接待莫奈和毕加索被称为艺术沙龙，招徕了不少客人，于是灵机一动，对外告示如果是作家或画家来住，只要留下手稿或画作可以免单。这一招很灵，引来许多四海为家的文化人，这些人没钱有才华，喜欢到处晃荡，最适合住这种小店了。

很快从大洋彼岸来了一伙垮掉派青年，当中就有金斯堡。金斯堡拉来了凯鲁亚克，又拉来了巴勒斯，还有一些喜欢摄影画画的同伴。大伙儿济济一堂，白天闭门创作，晚上纵情声色，金斯堡写出了长诗《卡迪什》的部分章节，里面有他母亲的影子，巴勒斯则完成了他的代表作《赤裸的午餐》，像交作业那样交给金斯堡，等待小兄弟的苛刻评价。

巴勒斯

大家没想到老巴也写小说了。这个老男人都做爸爸了，还像个小青年一样疯癫，几年前在墨西哥城喝得酩酊大醉，竟然失手开枪打死了孩子他娘，一个姿容超群的女演员。当时他们边喝酒，边表演席勒的剧本《威廉·退尔》，巴勒斯表演太投入了，大喊一声我打死你，不想射出的是真的子弹，后来家里花了大价钱才把他从牢里赎出来。

或许是灵感来得太凶猛了，老巴的字写得龙飞凤舞，乃至金斯堡把书名Naked Lust（《赤裸的欲望》）看成了Naked Lunch（《赤裸的午餐》），心想这位大哥还蛮有文学天分的，居然能想象出午餐没穿衣服。他赶紧把凯鲁亚克叫来，凯认出字迹是“欲望”，但也觉得“午餐”更好，两人都是有超好文字感觉的文学大师，一合计，决定把巴勒斯叫来改书名，老巴是很好说话的，欣然接受两位小兄弟的建议。小说内容既然是“赤裸的”，当然离不开吸毒、性爱与堕胎。出版后招来非议，一度被查禁，如许多禁书一样，解禁后大受欢迎，2005年入选《时代》周刊评出的“20世纪

100本最佳英文小说”。

巴勒斯比金斯堡年长，也比金斯堡活得长，不过也没长多久，1997年4月金斯堡死于肝癌，死前一个礼拜还在写诗。四个月后巴勒斯死了，死后不久他的新作《词语病毒》问世。这本书早就写好了，根据巴勒斯的要求在他身后才能出版，里面包含了他与凯鲁亚克1945年合写的一部先锋实验小说，内容是他们早年在纽约目睹的一桩凶杀案，两个人物角色的对话和心理活动，由巴和凯分别撰写，个性极其分明。还有，他们成名后，巴黎那家小旅馆有名字了，叫垮掉旅馆，经营得红红火火。

阳光下的钥匙

看挪威人蒙克的油画《嚎叫》，不免会想到美国人金斯堡。金斯堡写过一首诗也叫《嚎叫》，但是两人“嚎叫”的英文名不一样，蒙克的叫是Scream，金斯堡的叫是Howl，虽说译成中文都叫嚎叫，但两个词还是有差异的，后者更接近狼嗥。蒙克生活的时代跨越19和20世纪，正是早期工业文明四处渗透的年代，灵魂再压抑，也还能发出人的尖叫。到金斯堡生活的时代，人的声音已被扭曲，变异成狼的哀嗥了。

我认识的一些写诗的朋友，也很想如金斯堡那样叫几声，努力研读他的诗歌结构，期望一叫成名。其实要读懂金斯堡，单研究结构是不够的。金斯堡的母亲叫娜阿米（Naomi），这个名字很好听，一个人如果对西方文明略知一二，会由这个名字联想到爱神维纳斯或月神黛安娜。可娜阿米不是维纳斯，也不是黛安娜，她只是一个由俄罗斯辗转流落到美国的普通犹太女子，如果说她有什么与众不同，那就是她有一个与众不同的儿子金斯堡。她痛苦一生没能成为伟人，却不知不觉成了伟人的母亲。

一个天真烂漫的年轻女人，仅仅因为从俄罗斯来，有一点“左倾”思想，崇尚裸体生活方式，就被麦卡锡参议员盯上了，抓进精神病院切除了一侧脑叶。从此她犯下幻觉，觉得大脑被当局植入了芯片，走到哪里都有人跟踪。她那爱诗的儿子金斯堡，也因为喜欢标新立异，被哥伦比亚大学列为危险分子，一度送往精神病院就医。那个时代进过精神病院的美国诗人，似乎不止金斯堡一个，至少美丽的西尔维娅·普拉斯也进去过。

娜阿米进精神病院后，开始不断给儿子写信，讲述自己遭遇的各种故事，当然那些故事都是她的幻觉。她写过的信不计其数，在最后一封信中，她这样写道："钥匙在窗台上，钥匙在窗前的阳光下。我有钥匙。结婚吧，艾伦，不要吸毒。钥匙在窗栅里，在窗前的阳光下。爱你的，母亲。"这与其说是信，不如说是哀诗，在她死后第二天到达儿子手里。你只有了解金斯堡的童年，知道他小小年纪就见过母亲疯癫时撕扯内衣，光身翻找卫生巾的模样，才会明白《祈祷》里淌下的泪水有多咸。

这样的母亲是一剂毒药，一个人有这样的母亲，犹如吸食安非他明，要么毁灭，要么升华。金斯堡升华了，他超越了个人痛苦，将目光转向美国社会。一个人住过精神病院，得以活着出来，就像逃出生天的死囚，看待社会自然有另类的眼神。这眼神，不是光读他的诗能看懂的，更不可能靠读他的诗，移入自己的眼眶。金斯堡最有名的两首长诗，一首叫《嚎叫》，一首叫《祈祷》，前者写给他的新泽西病院难友所罗门，后者则献给他那殁于纽约病院的母亲娜阿米。要想了解美国人的内心，读读这两首诗必有收获。如果一个人仅仅知道华尔街和好莱坞，不知道娜阿米和哈莱姆，那他知道的只是一只苹果朝向阳光的那一面。

亲爱的小孩

柯 索

垮掉派作家各有各的身世，其中最让我唏嘘的是柯索（Gregory Corso, 1930-2001）。柯索出生时妈妈只有16岁，是个跨海偷渡去美国的意大利小姑娘，爸爸也没大几岁，在纽约做体力活。父母连自己都养活不了，当然经常吵架。一天妈妈把小柯放在一家天主教收容所，忽然就负气出走了，那时他只有几个月大。爸爸赶来把他领走，先后寄养在五个家庭，后来索性交给了慈善机构。爸爸说我养你容易吗，好几次想把你扔马桶里冲掉！还说他妈妈是个婊子，被抓回意大利坐牢去了。

柯索回忆说，被寄养的时光真难熬，他有时挨揍，向爸爸告状，结果爸爸跑来把他揍得更惨。11岁那年正值二战胶着期，爸爸为了逃兵役把他接回家，可没过多久还是被征兵送往海外。从此小柯成了个彻头彻尾的流浪儿，出没于纽约的小意大利区，靠送外卖换面包吃，天冷就睡地铁里，好在他坚持去上学，学业倒是没落下。一次他受托给顾客送烤箱，半路把货卖了，用赚来的钱买了衬衫领带，打扮得体体面面看了一场讲述圣母故事的电影，回来就被警察抓了，尽管他争辩说看电影是想妈妈，还是坐了几个月牢。写柯索的故事，我会想起苏芮的歌《亲爱的小孩》。

出狱后小柯常去格林威治村的一家拉拉酒吧，在那儿写诗。女士们蛮喜欢这个乖巧的小男孩，买酒给他喝。世上的事就那么巧，一天金斯堡也去了那家酒吧，看见柯索眉清目秀的，以为他是酷儿，就上前搭讪。柯索没那方面的兴趣，说自己是来写诗的，拿诗给金看，其中一首写他在十二街看见一女郎，躺在窗前晒日光浴，感觉如女神一般美。

更巧的是，金斯堡认出那女郎是自己的前女友，于是带小柯找到她，问她愿不愿意满足小柯的好奇心。女郎答应了，开始脱衣服。小柯还是童男子呢，哪见过光裸的女神，吓得夺门而出，跑掉了。不过他从此加入垮掉派。1954年柯索进哈佛念书，立刻展现惊人的诗歌天分，“别为光阴活着/要让光阴为你流逝。”他创作的第一本诗集《布莱特街的贞洁女士》，赢得哈佛才子们的一致推崇，由50多个同学捐资印刷问世。

柯索一直有个心结，想弄清楚自己的身世。恰好有个导演想为他拍部纪录片，于是两人来到意大利，由导演出面去寻找他妈妈葬在哪里。寻找的结果出乎预料，他妈妈不但没死，而且一直生活在美国，就在纽约城南的新泽西州府特伦顿。原来妈妈撇下他后立刻后悔了，想把他要回去，但遭到爸爸拒绝，要她滚，把她的门牙都打掉两颗，母子就此失散半个多世纪。这部片子2007年公演，名叫《柯索，最后的垮掉诗人》。

找到母亲后，柯索有过一段快乐时光。两人都好赌，常结伴去大西洋城玩轮盘，不过儿子的手气后来就没好过，诗也少了野性。柯索在71岁那年死在87岁老母亲怀里，飘零一生终于有了家。他曾经表示，希望死后埋在罗马公墓大诗人雪莱的坟旁，在那些孤苦的日子里，正是雪莱的诗给了他心灵的安慰，他从诗歌中得到的快乐，远比现实生活多。不过公墓早已不接纳新的安葬者，最后还是通过与罗马市政当局协商，将柯索的部分骨灰撒在雪莱墓前，也算完成了他的宿愿。

西风瘦马

当代洋人思想界有群人叫西马，也就是西方马克思主义。这群马当中最有名的几匹，当数哈贝马斯、德里达、福柯和詹姆逊等，其中詹姆逊（Fredric Jameson，1934-　）在中国名气最响亮，那是因为他最早被介绍进来，因为他，我们知道了后现代。他早期的著作经由唐小兵、王逢振等译介，曾掀起一阵后现代风潮。记得20世纪90年代初王蒙来漓江出版社座谈时，曾专门提到后现代，说英文叫postmodernism，大概想表示自己很新潮，足见詹姆逊对当代中国文学的影响。

所谓后现代，是针对现代主义而言的，也即晚期资本主义。现代主义作家包括卡夫卡、海明威等，这我们都知道，通常来说，他们的作品语言简洁，结构独特。后现代作家可以数出纳博科夫、品钦、冯尼格特等，还有2006年诺贝尔文学奖得主土耳其作家帕慕克（代表作《我的名字叫红》），作品丰富多彩，手法五花八门。当然这是詹姆逊的看法。我们连资本主义都没见过几天，何来晚期？我们的文学艺术连现代主义阶段都没顺利完成，就直接来到了后现代，当然会感到不踏实。其实所有的潮流都是相对的，后现代如今也不够潮了，一种叫后后现代的理论，正在西方思想界悄悄弥漫开来。

詹姆逊极其推崇鲁迅的《狂人日记》，认为这是第三世界民族寓言的范本；他最推崇的后现代小说是苏联作家普拉东诺夫的《切文古尔镇》（该书有漓江版中文本），该书写于20世纪20年代末，此后50多年只有一些片段面世，直到1978年才出版全书。小说描写苏联革命时期，一个乌托邦村庄被白匪摧毁的故事，

詹姆逊作品中文版，天津人民出版社

那时集体农庄还未全面实施，斯大林的统治才刚刚开始，苏维埃是纯洁的苏维埃，小说的内容和叙述方式都非常符合詹氏口味，他在《时间的种子》一书里对其倍加称赞，称其为伟大的农民乌托邦小说。

詹氏在中国收了一些弟子，并以社科院外文所的王逢振先生为知音，《时间的种子》扉页上就注明此书“献给王逢振”。在前言中说题写王的名字，是要将西方后现代与中国联系起来，可见詹氏多么看重中国的历史巨变。我后来约王先生将该书译成中文，出版后曾在20世纪末掀起过一阵阅读热潮，当然热潮过后，究竟什么是后现代，大家依然争论不休，也许后现代本来就是一个无底之谜。

詹姆逊素来左行，鄙视西方的物质文明。他来中国游历，不喜欢去大城市，更乐意朝拜井冈山、延安，甚至依然实行集体所有制的南街村，无限怀念朴实的古典理想主义，所谓古道西风瘦马，正是此君的写照；他也不喜欢与懂英文的新潮作家直接对话，宁可隔着译员与乡土作家如陈忠实等交谈，琢磨华夏大地上的黄土味。至于有的博士硕士为了留洋写出的论后现代长文，把后现代混淆成全球化，在詹姆逊这匹西马看来，多半有点牛头不对马嘴。

第十个故事

塞林格漫画像

说到塞林格(J.D.Salinger, 1919-2010),自然会想起《麦田守望者》,想起桀骜不驯的霍尔顿。如今阅读《麦田》是一种风尚,霍尔顿当年冒出的粗口一度惊世骇俗,现已成美国年轻人嘴上的常态。这是塞林格惟一的长篇小说,他就靠着这个惟一,奠定了自己不可动摇的地位。不过说实话,我更喜欢的是他的《九故事》,九故事就是九个短篇小说,《香蕉鱼的好日子》里机巧的对白,《笑面人》里两个故事的相互穿插,最迷人的是《献给艾斯美》,顽皮的小男孩查尔斯让人过目难忘——这本书英国版书名就叫《献给艾斯美》,九个短篇可谓篇篇精彩,在畅销书排行榜上连续三个月高居榜首。

《麦田》1951年问世,并无太大反响,只是到了1953年《九故事》出版,评论界才开始关注这个年轻作家,注意力由他的短篇延伸到长篇,可以说是《九故事》挽救了《麦田》。成名后的塞林格很孤傲,出版商想给小说做插图,给霍尔顿穿上酷酷的灰夹克,这样更迎合年轻读者,被塞断然拒绝。

这里说说塞林格自己的故事,算是他的第十个故事。他隐居在远离都市的偏远庄园里,似乎与世隔绝,但实际上非常关注文学动向。1972年4月《纽约时报》发表了一篇约稿,谈论人生的意义，作者是一位年仅18岁的耶鲁大学在读女生，叫梅纳德。塞林格一下来了兴致，给梅去信，提醒她追逐名利是有风险的。小姑娘哪见过这阵势，以前只耳闻塞林格大名，现在居然接到大作家亲笔手书，几番信件来往后，梅鬼迷心窍，连还差一年拿到手的耶鲁文凭也不要了，搬进了塞林格的庄园。

不过好景不长，两人的关系只维持了10个月。按塞林格对女儿玛格丽特的说法，梅想要孩子，他不想要。但是梅的看法不一样，她在回忆录《我曾是塞林格的情人》里描述，据自己近距离观察，塞是一个喜怒无常的人，高兴时对谁都好，一旦脸色阴沉，则拒人千里之外，虽然隐居乡间，却是个捕捉爱情的高手，常用书信勾引女生，有个小护士都已经订婚了，被他几封信就勾走了魂。梅想跟塞重归于好，被塞拒绝了。1999年夏塞林格的几封情书出现在拍卖市场上，售价达十几万美金，一位软件巨富把情书买下，全部还给了作者。他笔下的霍尔顿在麦田里守望麻雀，他自己在庄园里守望爱情。

《麦田》问世后的几十年，塞林格很少发表作品，偶尔在《纽约人》上写个中篇，让他的粉丝们爱恨交加，爱的是一旦见到新作，恨不得每个字都要咀嚼几遍，生怕漏掉其中的味道，恨的是这种机会太少，少到三五年才有一次。他曾在《纽约时报》的访谈上说，出书让人坏心情，没法往下写，我写作只为自己高兴。女儿玛格丽特近年出了一本书，书名仿父亲笔法叫《梦幻守望者》，她说父亲对自己生前未完成的手稿有明确交待，打红勾的表示可以出版，蓝勾校订后出版，等等。塞林格去年元月去世，据说留下的长篇小说有15部之多，出版商垂涎欲滴，粉丝们翘首以待。

再见，罗思

罗思漫画像

诺贝尔文学奖候选人的名单每年都有变化，但这些年来有几位世界文豪是名单上的常客，其中一位是美国小说家菲利普·罗思（Philip Roth，1933- ）。罗思成名很早，26岁那年就写出了小说集《再见，哥伦布》（1959），获得次年美国国家图书奖，之后几乎每隔数年他就有惊世骇俗之作问世，比如《波特诺的抱怨》（1969）、《乳房》（1972）、《反生活》（1986）等，其中以《波特诺的抱怨》争议最大。小说用幽默笔法描写犹太少年波特诺的日常生活，所谓“抱怨”来源于性渴望得不到满足。罗思这些年获奖无数，在大家看来，获诺奖也是迟早的事。

罗思确实一直在等待诺奖，尤其是最近20多年，他几乎年年都排候选人名单前十名，可年年都落空。这一方面是获奖人数有限，每年只有一名，另一方面是优秀的美国作家实在太多，100多年来的获奖作家中，美国人占了10名，几乎达到十分之一，仅次于法国作家，从福克纳数起，海明威、斯坦贝克、索尔·贝娄、托妮·莫里森等，个个都身怀绝技，不负获奖的盛名，更何况没获奖的作家，声名与罗思等同者不计其数，所以只能说罗思生不逢时，生在美国文学芳华绝代的时期，只好领受华丽的寂寞。好在获奖或不获奖不是评判作家的惟一尺牍，并不影响罗思在文坛的地位。

不过话是这样说，作家也是人，每年诺奖公布都是几家欢乐几家愁。当年川端康成获奖后，三岛由纪夫终日闷闷不乐，两年后竟然剖腹自杀。罗思也一样，长年的等待让他多少有点沮丧，这不，今年诺奖公布后不久，他忽然宣布封笔了，说以后不但不写小说，也不想再谈论小说，甚至预言随着互联网时代的到来，小说在未来二三十年内会消亡。一位作家以这样的态度议论自己钟爱大半生的事业，怎么说也有些黯然，即便作家自己不黯然，读者也会黯然，再回头看看20多年前他的一篇访谈，这种黯然就更强烈了。1983年罗思正当创作巅峰期，接受了《巴黎评论》记者的采访，那时候的他热情洋溢。谈论起小说艺术，就像谈论自己的孩子一样满怀深情。

您觉得写小说开头难吗？开头总是很难，因为人物的境遇尚未确定，我要在境遇确定后才能哗哗往下写。那么您怎么开头呢？我总是从结尾开始写，从两百页以后开始写。怎么处理删除的章节呢，还保留吗？再也不想看。一天当中哪个时辰写作最好？从早写到晚，每天都一样，写个两三年，一部书就成了。别人也会这样写吗？我从不过问别人的工作习惯，欧茨曾说过问别人如何写作如何进餐，无非是想验证“他是不是跟我一样神经？”您写作时会给别人看吗？写得不顺时会。

写作时脑子里是否会有一个罗思粉丝？没有，倒是经常会想，也许别人不喜欢这样写吧，那就这样写。用第三人称或第一人称写作有什么区别？取决于你是愿意多看还是多想。您是否觉得作家在美国无足轻重？写小说从来就不是为了谋取权力，与其说写作影响他人，还不如说影响自己。那么小说有什么意义？读小说可以获得一种深沉的快乐，其快乐程度仅次于性。就没有别的意义？你是想说文化影响吧，我的答案是否定的，好读者会在阅读时放松自己，这就够了。

诗僧斯奈德

凯鲁亚克写过两本小说《在路上》和《达摩流浪者》，前者主角狄恩以卡萨迪为原型，后者主角杰非·赖德的模特儿叫斯奈德（Gary Snyder, 1930- ）。中国近代有个诗僧叫苏曼殊，是中日混血儿，斯奈德也是诗僧，一生也与日本息息相关。在垮掉派这拨人里，除了金斯堡，斯奈德的诗是写得最好的，诗集《龟岛》曾获普利策诗歌奖。可是奇怪得很，他否认自己是垮掉派，说垮掉这个词，用在金斯堡、凯鲁亚克，还有柯索身上合适，他只是沾点边。斯奈德喜欢禅，有人称他为垮掉禅，他当然也不承认。

斯奈德在中国的名气，与他翻译唐代贞观年间诗人寒山子有相当关系。他最早接触中国诗歌，是在加州大学伯克利分校学东方语言时，认识了一位叫陈世骧的华裔教授。陈教授专事诗歌翻译，将英美诗歌译成中文，将诗经、唐诗宋词译成英文。20世纪30年代曾译过一本《中国现代诗选》，把现代诗人陈梦家、何其芳、徐志摩、孙大雨、戴望舒、俞平伯等人的作品，译成英文介绍给西方读者。寒山子的诗比较直白，译起来不那么费事，斯奈德在陈的建议下，将寒诗译成英文，并收在自己的诗集里。

世人以为斯奈德既然翻译中国古诗，研究禅宗，对中国传统文化一定感情深厚，其实也未必。他曾说他不止对中国文化感兴趣，对全世界的文化都感兴趣，印度诗歌、日本俳句他也译，我们要更宏观地看世界，想得多一点。对于中国学者中流行的一种观点，认为他译的寒诗，从结构到思想都影响了垮掉派诗人的创作，斯奈德很不以为然，说中国文化的发展需要摆脱对自身传统的迷恋。

斯奈德在演讲

斯奈德认为自己受本土思想家梭罗、爱默生的影响更多，是个身体力行的环保主义者。1966年他与金斯堡等人合资，在内华达州买了一块百多亩的土地，在那里盖起了自己的家，没暖气但有乐趣，平常除了干些体力活，他就喜欢面对内华达山脉沉思，要么写作，要么打坐。后来又与一伙日本人租下琉球群岛附近一小岛，在岛上种菜垂钓。其实与中华文化相比，斯奈德对日本和印度文化更亲近，在他出版的诗集里，不但有寒山诗作译文，也有诸多日本和印度诗人的译文，比如铃木大拙（1870-1966）、宫泽贤治（1896-1933）和马鸣（公元前1-2世纪）等人。

他曾数次去日本云游，在京都相国寺出家为僧，是该寺第一位洋和尚，明月悬空暮鼓晨钟，还真敲了三年木鱼。洋和尚是爱女人的，他跟周作人、郭沫若、博尔赫斯和列侬一样，也为大和女子所倾倒，娶了个叫上原雅的大阪姑娘做太太，与她生活了22年，离婚后又娶了另一个美籍日裔女子国田，也是个环保主义者。如今垮掉派那拨人，除了城市之光书店老板弗林盖蒂，其余都死了，连小弟弟柯索前些年也撒手人寰，而斯奈德还活着，不但还活着，而且很活跃，前几年还来香港参加诗歌研讨会。如果有谁问他为什么身心这么健康，他大概会说打坐呗。

斯奈德作品英文版

世上最贴心的处方

塞克斯顿

一个人若得了精神病，接下来的治疗过程是很悲惨的，要么吃镇静剂，要么被关禁闭，如果有暴力倾向，还要穿紧身衣，挨橡皮棍，还有做脑手术的。究竟遭遇哪种治疗手段，那得看运气。波士顿女子安妮·塞克斯顿（Anne Sexton, 1928-1974）的运气还不错，28岁那年她第二次犯病企图自杀，遇到一个叫马丁·欧尼的年轻医生。欧尼医生是奥地利人，那年刚毕业来医院实习，就碰上前来就诊的塞克斯顿。他见她容貌秀丽，内心敏感，不忍心下猛药，建议她回去写写诗。写诗，这是欧尼医生开给塞克斯顿的处方。

他见塞氏沉浸于伤怀与悲悯，希望她通过写诗纾解内心的压力。欧尼医生是很有眼力的，其实塞氏从小就喜欢写诗，曾在校刊上发表作品，可拿回家给母亲看，却遭到粗暴批评。母亲一家出过好几个作家，却不认同女儿写作，从此母女不再有交流，塞氏把一切心绪都深藏心里，在郁闷中度过青春期。得到医生这么熨帖的建议，她心中暖融融的，重新燃起诗的火焰，先去波士顿大学念文学，在那里结识了同样才貌双绝的西尔维娅·普拉斯。普拉斯也为情困扰，时常处于精神崩溃边缘，两人一见如故，不但谈论诗歌，更喜欢探讨自杀的意义。

与普拉斯相比，塞克斯顿更激情洋溢，如果说普拉斯是一朵忧郁的紫丁香，那么塞克斯顿就是一朵灿烂的红玫瑰。欧尼医生给出的写诗建议，让这朵玫瑰得到了尽情的绽放。她以一种生命勃发的形式，连续写出了数本诗集，后来合成一本《诗选》（Selected Poems, 1964）在英国出版，诗中的大胆自白和怪诞意象，引得读书界啧啧称奇，此后数年内囊括了包括普利策奖在内的几乎所有重要诗歌奖项。而普拉斯不堪生活重负，只活了31年就凋谢了，1963年冬天在伦敦自杀。

塞克斯顿在悼亡诗中回忆了两人的死亡约定，她这样写道："哦，西尔维娅，西尔维娅/你的死是什么/是一种古老的归宿/是从你诗中溜出来的/一只鼹鼠。"（《西尔维娅之死》）她用最奇特的比喻，表达了对普拉斯之死的痛惜。普拉斯运气不够好，没遇到欧尼医生，她遇上的是英国桂冠诗人休斯，休斯很快爱上了别人，于是普拉斯选择离开，不是离开休斯，是离开人世。

写诗，多么贴心的处方。记得阿特伍德说过这层意思，有时缝纫机比镇静剂更能解除女人的痛苦。她指的是一种更精致细腻的呵护方式，犹如修复灵魂的伤口，只可惜如今世上有这等医术的精神

休斯与普拉斯

病大夫，还太少。况且哪怕就是这么贴心的方子，也是有时效性的，塞克斯顿46岁那年还是自杀了。他没能拯救她的一生，他也不可能拯救她，因为她命定是一位不同寻常的女人，但他给了她18年时间写作诗歌，她在这18年间纵情演绎自己的才情，成为20世纪最出色的女诗人之一。从这层意义上说，这个世界要感谢欧尼医生。

那根刺痛的心针

一个满脸大胡子的男人离婚了，女儿辛西娅判由母亲抚养，想到曾经朝夕相处的心爱女儿，以后只能在梦中相见，大胡子的内心忽然为悲伤笼罩，于是写出了长诗《心针》（Heart's Needle）。这个男人叫斯诺格拉斯（W. D. Snodgrass, 1926-2009），是一位重要的美国当代自白派诗人。所谓心针，来自古老的爱尔兰史诗传奇《比勒·西弗那》，里面有一句台词是这样说的：独女是心上的针。意思是女儿是最揪心的，想起来会感到刺痛。我们常听北方人说女儿是娘的心头肉，也有这层意思。

这组诗由十部分组成，每部分有十数行到数十行不等，描述记忆中与爱女相处的不同时间与场景，有四月、六月和七月，有街头、花园和动物园。那种刻骨的怀念告诉世人，人世间最痛苦的事，不是夫妻离异，也不是恋人分手，而是父女别离。"这个万圣节你来了一礼拜/要么戴上假面具/装扮成游行队伍中/一只肥胖的斗鸡眼红狐狸/要么拎着阴沉斜视的南瓜灯/敞开口袋挨家挨户/登门讨要糖果，奇怪的是/等你摘下面具/邻居居然已没了记忆/问这是谁家的孩子？"

斯氏为辛西娅悲伤，是因为他自己的父母很不成熟，一直溺爱小女儿也即斯氏的妹妹，不让她离家独立生活，结果妹妹25岁那年因病早夭。对妹妹的死，他一直耿耿于怀，不能原谅父母，尤其不原谅父亲。他担心辛西娅会遭遇妹妹的命运，诗中除了忆念，还有深深的自责，这种绵长的父爱，贯穿了整部作品。斯氏曾经进爱荷华大学的作家创作室，师从大诗人洛厄尔。《心针》完成后，他拿去给洛厄尔看，谁知洛厄尔冷冷规劝他，以后别写这种煽情催泪的玩意儿。

两年后他遇到一个爱诗的贵妇，跟她说起长诗的命运，说至今找不到出版商。贵妇听说后，把长诗推荐给洛厄尔，洛看后大加称赞，当即拍板推荐出版，还说要当范本讲解给学生们听。斯诺格拉斯懵了，不明白哪个洛厄尔是真正懂诗的洛厄尔。《心针》作为斯氏的第一本诗集出版了，里面除了这首长诗，还收入了另外一些短诗，都是“煽情催泪”的风格，可是说他煽情也好催泪也罢，毕竟感动了战后一代美国人，获得1960年普利策诗歌奖。

这个奖来得太快了，斯氏有点猝不及防。当时他不在家，家里只有第二任太太，有记者打进电话问这里是斯诺格拉斯先生的家吗，就是刚获得普利策奖的斯诺格拉斯先生？太太还不相信，答曰但愿是吧。好在他还算冷静，把诺曼·梅勒的话当座右铭，梅勒说一个作家过早获奖会毁掉一生。在接下来的日子里，他没把自己获奖太当回事。

他不当回事，可别人很当回事呢。塞尔维娅·普拉斯和安妮·塞克斯顿，两位同时代的天才美丽女诗人，都认为自己的创作深受斯氏的影响。普拉斯和塞克斯顿是波士顿大学的同班同学，两人曾长期通信探讨诗歌与自杀，境遇也惊人相同，都师从洛厄尔学习诗歌，都曾因为《心针》而流泪，都写出了传世诗作，都有两个孩子，都最终以自杀了结一生。

香梨的尖，葡萄的圆

女诗人H.D.

熟悉意象派的读者都知道，美国有个女诗人叫H.D.，是意象派诗歌领军人物，或者说这世上因为有了H.D.，才有了所谓意象派。H.D.全名叫希尔达·杜利特尔（Hilda Doolittle，1886-1961），生于宾州伯利恒，伯利恒原本是巴勒斯坦一地名，传说为耶稣降临地，估计基督徒比较喜欢它，到处用它做地名。这宾州伯利恒是座工业城，原先对写诗画画很不以为然，但自从出了个希尔达，也开始闪耀人文主义光辉。希尔达喜欢写诗，诗写得还不错，更要紧的是她长得也不错，吸引了庞德，是的，正是那个喜欢墨索里尼的埃兹拉·庞德。庞德爱上了她，向她求婚，但遭到希尔达父亲坚决反对，希父不无鄙夷地说庞德是个流浪汉。

希尔达也爱庞德，但那爱里更多的是崇敬，谈不上有多少男女之悦，她尤其不能接受庞诗人对纳粹的态度。庞德喜欢墨索里尼有几分不得而知，他对希尔达可是十二分真心喜欢，眼见希尔达对自己不来电，他也不勉强，把她介绍给另一个诗人阿尔丁顿。希尔达见阿尔丁顿仪表堂堂，一下就喜欢上了，虽说小阿比她还小6岁呢，但只要有爱，年龄不是问题。两人很快结婚，过得挺不错，生活中除了爱，还有诗——两人共同致力于翻译希腊古诗。

庞德依然爱着希尔达，千方百计扶持她。“果实不能穿过/这粘稠的空气掉下来/果实不能掉进那热浪/挤压捏拿出/香梨的尖/葡萄的圆。”（《热》）他认为她的诗意象奇绝，完全颠覆了当下颓靡的诗风。1913年由庞德参与编辑的一家诗歌杂志开张了，发表了希尔达的三首诗，庞德不由分说给希尔达取了个笔名H.D.，同时把她这几首诗冠名意象派（Imagism），从此意象派这个称谓与H.D.的名字一道，进入世界诗歌史。当然一个流派光有一个H.D.是不够的，他后来又给其他几个诗人贴上同样标签，比如艾米·洛厄尔，弗林特等，还有阿尔丁顿，连写查特莱夫人的劳伦斯都被搜罗进去，至于为什么，自然会有评论家跟进解读。

再说那阿尔丁顿人帅不说，诗也漂亮，身边自然美女如云，当然不会老守着希尔达，很快就有了新欢。希尔达也不是吃素的，也发展出新恋情，还演变成同性加异性的双性三角恋，她甚至向劳伦斯示爱，但劳诗人没响应她，当然那都是后话。鉴于希尔达性伴侣众多，有人开玩笑说她改名字叫High Develop（热得快）算了，缩写成字母也是H.D.。因为感到心力交瘁，1933年希尔达专程前往维也纳，去找大名鼎鼎的弗洛伊德看病，她当时既受不了阿尔丁顿的背叛，也无法接受希特勒的崛起。可是对于这些问题，弗洛伊德也无能为力。

晚年的H.D.荣获美国诗歌大奖，不再喜欢意象派这个标签。但滑稽的是，她的粉丝都是冲着她是意象派偶像而去的，因此也容不得她喜欢不喜欢，都叫她意象派老奶奶，尤其是那些憧憬性开放的女生，更把她当做前辈楷模。H.D.死于1961年，死的时候是寂寞的，可是过了十几年，到20世纪70年代中期，评论家们忽然又把她捞出来，说她是女权运动的先锋。这时候的H.D.已经无力表白了，是不是先锋，随评论家们说去，反正她不在乎。

蝴蝶迷

纳博科夫漫画像

纳博科夫（Vladimir Nabokov, 1899-1977）一生写的作品不计其数，但后人记得他，是因为《洛丽塔》，而《洛丽塔》得以流传，很大程度上得归功于改编的电影。电影是拍得不错的，但我不喜欢不知谁给安上的名字《一树梨花压海棠》，按说宋词清丽，但苏东坡这句诗实在不怎么雅，何况用来暗喻亨伯特与洛丽塔的爱情，也是不确切的。

世人都以为纳博科夫只会写小说，其实他还是一位出色的昆虫学家。纳氏的前18年是在圣彼得堡度过的，他出身名流世家，家族在当地拥有别墅——那是他母亲名下的一处宅院，十月革命后宅院被没收，纳氏一家流亡欧洲。对纳博科夫而言，那是他生命中惟一的住宅，此后他从未购置过房产，终身都以酒店为家，这是后话。

一次小纳爬进顶端的小阁楼里，发现里面有一些画册，作者是个叫麦里安（Sibylla Merian）（1647-1717）的古代女子。这个麦里安是何许人呢？如果谁手头有最后一版的德国马克，500元纸币上那位妇女的古典肖像就是她了，纸币上的蒲公英和小虫子都是她手绘的。原来麦里安是17世纪的一位德国动植物女画家，她把绘画与动植物学融合在一起，笔下的昆虫和植物栩栩如生。

纳氏先是爱上了图画里的昆虫，后来开始收集自然界里的蝴蝶，成为一个彻头彻尾的蝶痴。这个秃顶的男人挺奇怪的，一辈子没学会开车，每次前往某地捕捉蝴蝶，都要夫人薇拉开车随行。当然他也没亏待薇拉，在他所有的长篇小说的扉页上，都有“献给薇拉”几个字，以至于许多初读纳氏小说的读者，以为薇拉是他的某位神秘的情人。纳氏对生活于美国新泽西州沼泽地的濒危蓝蝶观察入微，为掌握蓝蝶的活动规律，他每天在显微镜前待六七个小时，艰苦的努力没有白费，他撰写的蓝蝶研究报告受到好评，为表彰他对蝴蝶的痴情，昆虫界将一种蝴蝶命名为纳博科夫蝴蝶。

麦里安开创了昆虫绘画的先河，纳博科夫对昆虫学的爱好，同样对他的文学写作大有帮助。他的小说里有不少蝴蝶人，有篇小说叫《乌里安》，主人公是个平庸的柏林市民，他生意失败，婚姻乏味，惟一的爱好是收藏蝴蝶，总梦想自己有朝一日能做环球旅行，去地中海沿岸，去北欧的拉普兰，甚至尾随探险队去遥远的西藏，收集所有那些在大地上翻飞的美丽蝴蝶，而实际上他从未踏出过柏林城一步，主人公最后死于梦中。《洛丽塔》里那个亨伯特也是个狂热的蝴蝶迷，他心中最漂亮的蝴蝶当为洛丽塔。

此外，纳氏在《艾达》、《礼物》和《说吧，记忆》等作品中，都花大量篇幅对蝴蝶进行精确描写，那种细微的文字描绘，与麦里安的画笔有得一比。如今圣彼得堡的纳博科夫老宅，已改建成纳博科夫博物馆，里面除了陈列他的手稿，还有他的蝴蝶，其中几只最美丽的蝴蝶标本旁边，用英文写着“献给薇拉”。

赛珍珠与亚裔孤儿

美国每年有十几万个家庭领养境外孤儿，当中不乏孩童受虐的个案，前不久闹得沸沸扬扬的俄罗斯七龄童被养母抛弃，就是典型的例子，以致俄罗斯政府决定从今以后，对美国人领养孤儿实行限制。对于领养孩子，最早提出要规范领养程序的美国人，是女作家赛珍珠（Pearl Buck, 1892-1973）。

赛氏幼年随父母来华，在中国生活了40多年，见识过中华大地满目疮痍的惨景，买卖男童，抛弃女婴，在晚清是司空见惯的事。好不容易被洋人接到大洋彼岸，也未必就过上安宁的日子，责打，性侵是一方面，还有隐性的歧视。比方一个家庭本已有三个孩子，又去领养一个异国孤儿，目的是要三个孩子懂得什么叫差异，那孤儿不过是他们成长中的陪衬，跟南北战争前的小黑奴也差不多。

有感于亚裔儿童被领养后遭受的不公平待遇，赛珍珠于1949年创立了美国本土第一家收养被遗弃儿童的机构，叫"欢迎之家"(Welcome House)。欢迎之家安顿着从世界各地送来的孤儿，有心领养孩子的美国家庭，要前来登记，与孩子建立感情，双方都情愿后才能领养，以后还要定期汇报领养情况，定期回来开领养家庭联谊会，父母与父母交流心得，孩子与孩子增加友情。

赛珍珠与亚裔孤儿在一起

50多年来，“欢迎之家”收养了5000多孤儿，其中半数来自亚洲，一个被俄亥俄州的夫妇收养的印度孤儿，念完了大学；一个在稻田里捡来的韩国弃婴，大学毕业后回首尔做了幼儿园老师；曼谷贫民窟送来的一个小姑娘，后来成了运动员。赛氏自己只生过一个孩子，生下后就做了子宫手术，孩子叫卡洛儿，患有先天性弱智，这是她心中永远的伤痛。她后来领养了七个孩子，有亚裔，有黑人，还有战后美军黑人士兵与日本妇女生下的混血儿。

赛珍珠是诺贝尔文学奖获得者，获奖的作品是小说《大地》。她婚后随丈夫在安徽北部的宿州住过两年多，丈夫白天研究庄稼，她就去附近村寨与大妈大婶聊天，熟悉当地老百姓的生活，小说里的许多素材都源自她的皖北见闻。之前她把《水浒》译成英文，《大地》无疑深受《水浒》白描手法的影响，尤其对农民的描述，我头一次阅读，竟然依稀看见了矮脚虎王英的影子。小说中最让美国人震撼的是华北农村妇女的生活，记得里面有一段情节，说田边一个农妇忽然临产，她自己把孩子生下来放木桶里，转过身继续干农活。

诺贝尔文学奖评委在授奖词里明确表示，赛氏获奖是因为这部小说，而不是她的总体写作，所以我一贯认为，在烽火连天的1938年，把这个奖项授予赛珍珠的《大地》，相当于授给了中国，提醒全世界要多多关注这片苦难深重的土地。1972年尼克松来中国，赛珍珠热切盼望能随团访华，探望她的文学母国，但最终没拿到签证，欢迎之家的创始人并不受欢迎，次年在失望中去世。她的墓碑上没有英文，只有赛珍珠三个汉字，她以这种方式，将自己与那片遥远的大地结为连理。

飞越大西洋的鸟

我译过一本书叫《让我醒来前离去》，作者汉姆弗雷(D. Humphry)是美国毒芹学会的创始人。所谓毒芹学会，是一家提供自杀咨询的非营利机构，帮助身患绝症者摆脱临终痛楚体面离开人世。汉氏本人的前妻身患癌症，他不忍见她在剧痛中煎熬，协助她在睡眠中离世，这样做，是出于爱。书中介绍了十几种自尽方法，从各种安眠药的剂量，到紧闭车窗开动发动机，写得极其详细，比方药量准确到多少克。书中还有理论观点，强调这种方式首先是无痛苦，其次是主动，即死亡权利始终掌握在寻死者自己手中。

我与汉氏通过几封电邮，征得了他的翻译许可，但书稿译出后一直未出版，没哪个出版社敢出。原因很简单，第一，选择安乐死的观念，在我国还不能被大众接受，人来世上走一遭不容易，生命只有一次，所以应该珍惜，这是人类基本的生命观，如今全世界也只有荷兰、比利时为安乐死立了法。第二，允许安乐死，会带来别的问题。本来安乐死的用意是解脱肉体痛苦，但精神痛苦的人，也可能做出同样选择，何况在很多时候，精神痛苦比肉体痛苦更惨烈。

有个波兰作家叫柯辛斯基（J. Kosinski），一度是美国当代文坛的红人，做过美国笔会主席。柯氏童年时正值二战高潮，有过九

柯辛斯基

死一生的经历，24岁那年穿越大西洋逃到美国，以小说《漆鸟》(The Painted Bird)一书震撼西方，成为与康拉德、纳博科夫齐名的外裔作家，即来自母语非英语的国家，却用英语写作获得成功。《漆鸟》这个书名很好懂，一只本来可以高飞翱翔的鸟，被人用红油漆涂抹了翅膀，只能睁眼注视蓝天，在忧伤中度过余生。

小说带有自传性质，描述一个犹太孤儿流离乱世的种种惨痛遭遇，有的情节过目难忘，比如被亲纳粹分子扔进粪坑，导致长久失语等等。该书有几个中文译本，以安徽文艺社20世纪90年代的莫雅平译本最好，书名为《被涂污的鸟》。可惜那时的译本都未签署版权转让合同，虽然有文学价值，但都不能重印。

柯辛斯基成名后，被人揭露雇佣了写手，小说不是他写的，他的英文不够好，所有小说都是他口授，请人用英文笔录并润色而成。本来这样写作也无可厚非，当年林纾译外国小说，采取的也是口授法，旁人把外文意思告诉他，他用文言文表述，署的也是自己的名。但这位柯氏一口咬定小说是自己用英文写的，直到那些捉刀者现身说法他才缄口。

此后柯氏再无作品问世，1991年5月在纽约自杀，自杀的方法就是按照毒芹学会的建议实施的，先服了过量安眠药，然后用塑料袋套住头。“这次我想睡得比往常久一点，叫永远吧。”他在床头留下绝笔。这个写过《漆鸟》的流亡作家，最终像自己笔下的鸟儿一样，长眠于忧伤。

湖州莲

丽　莲

世人都知道赛珍珠与镇江的渊源，有人称她是镇江珍珠，另一个美国女作家丽莲·史密斯（Lillian Smith，1897-1966）也曾在中国生活过，她逗留的城市是我的老家浙江湖州，我把她叫做湖州莲。我们对丽莲知之甚少，实际上她在美国是很知名的。她生于佛罗里达，18岁那年父亲在生意场上巨亏，好在事先在佐治亚州购置了土地，于是举家北迁。有首歌是这样唱的："黑人听见欢乐歌声多么起劲/司务长呵发现火鸡叫得多高兴/甚至红薯也快乐得要往地上蹦/正当我们行进穿过佐治亚。"估计丽莲一家北迁佐治亚时，心情也会很高兴。

家里又有钱了，父亲按她的心愿，供她去巴尔的摩学音乐。不久她接到基督教卫理公会的邀请，前往中国一所教会学校做音乐老师，这所学校就在湖州，叫湖郡女中，是本地人心目中的贵族女校。湖郡女中原先叫文洁女塾(Virginia School)，因创办人的老家在弗吉尼亚州，故取了这个文雅的校名，文洁乃弗吉的谐音。

湖郡女中与上海中西女中、苏州景海女校并称华东三大女中，许多殷实人家都把自家女儿送来念书，说媒时只要提到女方曾就读湖郡女中，这亲事基本上就成了。罗家伦夫人张维帧、教育家陈鹤琴夫人俞雅琴、哲学家李达夫人王会悟、茅盾夫人孔德沚都是该校学生，民国总理熊希龄的夫人毛彦文，从湖郡女中毕业后赴美留学，据说是中国第一位留洋女博士。如今这所学校早没了，只有庞大的西式建筑依然为湖州人民医院所用。

丽莲在湖郡女中待了多久已无从考证，估计时间不太长，她虽然应教会邀请而来，但只对音乐有兴趣，对宗教没兴趣，无意参与学校的唱诗活动，校内阔绰与校外贫穷形成的反差，也让她感到不自在，觉得眼前的现实有悖于内心的信仰，于是以父亲健康不佳为由返回美国。丽莲此后再没来过中国。

中国之行极大地改变了丽莲对社会的看法。虽然南北战争早已结束，但南方的种族意识依然十分强烈，歧视与偏见依然盛行，作为一位有良知的白人妇女，她决心改变这种状况。她办起了一份杂志，以此为平台表达对种族主义的看法，作者有白人也有黑人，杂志的影响迅速扩大，几经改名后定名为《今日南方》。1955年邻近的阿拉巴马州发生了著名的公交车事件，一名叫帕克的黑人妇女因拒绝给白人让座被捕，从而引发遍及全美的黑人民权运动，丽莲撰写大量政论文章支持黑人，成为名噪一时的反种族歧视斗士。

《奇异果》（1944）是丽莲的代表作小说，叙述黑白偷情的悲剧故事，由于有露骨的堕胎描写曾被查禁，解禁后大受欢迎，销量达300多万册。丽莲终身未婚，去世后家人将她的书信手稿全部捐给了佐治亚大学图书馆，该校则设立丽莲·史密斯文学奖，奖励用文学方式呼吁种族平等的南方作家，获奖者的名单中，有我们熟悉的亚历克斯·哈利（《根》，1977），艾丽丝·沃克（《紫色》，1984），尤多拉·韦尔蒂则获终身成就奖。

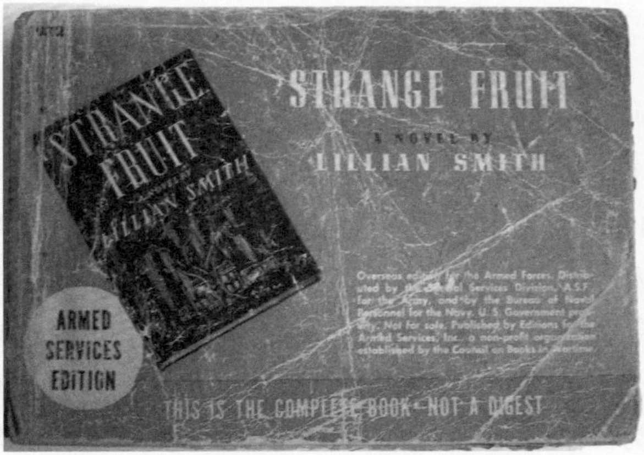

丽莲：《奇异果》英文本

反舌鸟之谜

哈泼·李（Harper Lee, 1926-　）的小说《杀死一只反舌鸟》（To Kill a Mockingbird），是美国学生熟知的课外读物。小说出版于1960年，次年获普利策奖，两年后改编为电影，由大牌影星格里高利·派克主演，20世纪60年代风靡美国，引领了好一阵子风骚，哈泼·李也因此跻身文学名人的行列。小说情节并不曲折，讲述一个黑人被怀疑犯了强奸罪，尽管有证据证明他并不在现场，但因为长着黑皮肤，世人依然怀疑他是罪人。所谓反舌鸟是一种文学象征，这种鸟从不伤害其他鸟类，只喜欢唱自己爱唱的歌，杀死一只反舌鸟，喻指害死一个无辜的人。

问题是长久以来，文坛一直有一种说法，说《反舌鸟》不是哈泼·李写的，或者说不全是她写的。哈泼·李小时候生活在阿拉巴马州的门罗威尔，这部小说的素材就取自当地发生的一桩案子，案件发生那年她刚好10岁。尽管哈泼·李早年就有文学抱负，说自己要成为“阿拉巴马州的简·奥斯丁”，但说句实话，她写的并不多，后人之所以记得她，除了《反舌鸟》，更多的是因为她与卡波特那不同寻常的友情。卡波特生于南方港口新奥尔良，父母早早就离婚了，他小小年纪就被送到舅舅家，巧的是舅舅住

卡波特与哈波·李

在阿拉巴马州，更巧的是也在门罗威尔镇，还有最巧的呢，就住在哈泼·李家隔壁，于是小卡和小哈成了邻居。

小卡比小哈大两岁，但个头没她高，加上性情羞怯一脸娘娘气，常被同学欺负，这时候假小子哈泼·李会冲过来为他报仇雪恨。小个子的小卡具有非常高的文学天分，常与小哈一起切磋创作，24岁那年他写出了处女作长篇小说《别的声音，别的房间》，里面女主角伊达贝尔的原型是小哈。哈泼·李自然也不会放过这个聪慧的小哥哥，34岁那年写出了《反舌鸟》，小说主人公迪尔就是依照小卡的样子画出来的。

可是关于《反舌鸟》的真正作者是卡波特的说法，一直在文坛流传，归结起来大概有三点，第一卡波特的名气太大了，虽说他是个同性恋者，但与哈泼·李的关系如此密切，两人为了卡氏日后的成名作《冷血》，曾一同去堪萨斯州的偏僻小镇调查半年，卡氏哪怕仅仅为了这份友情，也不可能不对她提供文学帮助；二来哈泼·李此后没再写出过第二本书，在漫长的岁月里从不接受记者采访，也不做任何文学演讲，世人对她的创作经历一无所知；第三，《反舌鸟》获普利策奖的消息传出，卡氏喝得酩酊大醉，放话说得奖的应该是他。

卡波特已去世近30年，哈泼·李依然健在，前两年还在白宫接受由小布什颁发的总统自由勋章。对于外界盛传的种种流言，她依然保持缄默不做任何回复，这可以被视为对流言的默认，也可以理解成对卡波特的怀念。门罗威尔本来只是一个小镇，但因为出了两个大作家，如今被认为是阿拉巴马州的文学州府，不时有卡、哈二位的粉丝前去朝拜。

门罗与梦露

美国路易斯安那州的新奥尔良暖洋洋的，以出产黑人音乐家知名，是个注重享乐的南方城市，前些年因为遭飓风袭击闻名于世，那是大作家卡波特(Truman Capote, 1924-1984)的出生地。卡波特出生时，妈妈只有17岁，还是个无知少女，这样的婚姻显然不是深思熟虑的结果，不到一年就结束了。于是年幼的小卡被送回妈妈的老家阿拉巴马州的门罗镇，交由舅舅家照管。

按通常的理解，接下来的故事似乎应该比较凄苦，可居然不是。他在邻居家遇见一个小他两岁的小妹妹，叫哈泼·李（Harper Lee, 1926- ），两人成了好朋友。人的命运有时真是不可预测，要不是因为小卡父母离婚，哈泼·李怎么会有这样的运气，在如此偏僻的地方，碰上一个如此聪慧的小哥哥？哈泼·李是谁呢？就是日后红遍全美的畅销小说《杀死一只反舌鸟》的作者，据说小说主人公迪尔，就是依照小卡的样子画葫芦画出来的。

也有另一种说法，说那本畅销书的真正作者其实是卡波特，因为哈泼·李此后没再写出过第二本书。如今他早死了，她长期隐居保持缄默，谁也解不开这个谜团。不管怎么说，两人是要好的朋友，又同样喜爱文学，相互切磋是免不了的事。1948年卡波特的

卡波特与梦露共舞

处女作长篇《别的声音，别的房间》问世，里面女主角伊达贝尔的原型是哈泼·李。

真正让他声名鹊起的是《冷血》。那是他根据堪萨斯州的一桩谋杀案，受《纽约人》杂志委托，与哈泼·李一道，经过半年艰苦调查花了6年时间写成的小说，因为有事实依据，所以又叫非虚构小说。1966年，卡波特在纽约举办记者招待会，朗读了《冷血》前三章的部分段落，获得与会者的赞扬，朗读结束时全场起立鼓掌，这个场面奠定了卡波特的文坛地位。

美国男子未必是美男子。卡波特个头矮小，嗓门尖细，但口齿极为伶俐，成名后自然不甘寂寞，利用自身特点做起了脱口秀主持人，周旋于纽约名人圈，认识了文化界的几乎所有名流。门罗镇的门罗是英文Monroe的读音，不是门可罗雀的意思，当它成为一个漂亮女子的名字，也可以译成梦露，因此门罗镇也可以译作梦露镇。既然在一个叫梦露的地方长大成人，那就注定会与这个名字有某种联系。

卡波特多次访谈过玛丽莲·梦露，以作家的敏锐，捕捉到她身上独有的曼妙气质，电影剧本《蒂凡尼的早餐》是专为她量身定做的，希望由她来主演，可惜梦露彼时深陷与肯尼迪兄弟的恋情不能自拔，女主角让给了奥黛丽·赫本。我译过卡波特的一组小说，是从他最后一部小说集《为变色龙弹唱》里译出来的，里面有一篇小说专门写梦露，叫《美丽的孩子》。在卡波特心中，梦露永远是一个美丽的孩子。

译事漫笔

孤独的德库安

做书的人，对书有别一层的理解，就命运而言，人有人的命运，书也有书的，尤其是那些有灵魂的书。我前段时间因为找书，进了一家有名的旧书网，结果有一些让人惊奇的发现，发现书友们在热烈探讨哪些书最值得收藏，列出的书单中就赫然有大量漓江版外国文学旧书，近期还举办了旧书拍卖会，《蒂博一家》是1937年的诺贝尔文学奖获奖作品，共四册，其中仅第四册单本就拍到350元，全套要1500元，而这套书1986年出版的精装本原价不过16元多，20多年翻了将近100倍。

再随意举一个例子，法国当代作家德库安，这个作家才气很高，但我们不熟悉。他的小说《约翰·地狱》是1977年的龚古尔奖获奖作品，被收入“法国20世纪文学丛书”第五辑，那是一套小开本的丛书，责编金龙格先生与我同室共事十几年。金先生当年做这套书可谓耗尽心力，报选题常被质疑不说，制作时为降低成本，装帧和用纸都尽量减少费用，印数自然也不多，通常只印几千册，这还算是好的，后来实在独力难支，不做了，“20世纪的法国文学丛书”，只能在20世纪打住。

《约翰·地狱》是一本法国人写纽约的小说。如果说美国人对法国爱恨交加，那么法国人对美国也是褒贬不一，如同一对愁肠百结的冤家，德库安把这种爱恨写到了极致，当中对纽约的生动描写，丝毫不亚于塞利纳的《茫茫黑夜漫游》。该书中文本出版于1992年，出版后一直很寂寞，没有引起太多关注，如今这本原价6元多的老书，孔网上卖到400元，还有价无货，世上还真有识货的读者藏家。类似的例子还很多，那些原价五六块的老版诺贝尔，现在都卖到五六百元，涨价的幅度一点不比房价逊色。

德库安《约翰·地狱》中文书影

金钱当然不等同于思想的价值，但也能依稀显现思想的价值。说来业外人士可能不相信，这些书当年的生存环境是很艰难的，做的过程难，做出来后也命运多舛，要么被塞在仓库的角落，要么被送纸厂化浆，成箱成箱送进去，心血与纸张一道化为泡影。

当然在旧书网上还有别的发现，一些装潢精美，外表堂皇的老书，原价几十甚至几百元，如今3元5元都没人要，这类书的封面用料往往是铜版纸、特种卡纸、平绒、府绸，还有套盒礼盒，印刷工艺也讲究，过胶压膜、UV、压纹、烫金烫银，这个时代能有的工艺都用上了，可是结果却不怎么妙，成了漂亮的垃圾。包装的同样是文字，为什么效果不一样呢？因为不同的文字组合产生的力量是不同的，平庸的组合只能通过包装骗自己，而那些锐利的思想会穿越时空直抵人心，哪怕许多年过去，都还有人记得并且愿意去收藏。

可能有人会说，既然漓江版老书这么受欢迎，为什么不重印呢？这完全是两回事，喜欢集邮的人都知道，邮品的价值在于时代背景，你见过重印的邮票吗？也许见过，那是赝品。有价值的老书已经不完全是书了，是藏品。就比方说那套“法国20世纪文学丛书”吧，它见证了20世纪末法国当代文学中译本出版的孤独命运，它的开本、装帧和印数都烙下了丰富的时代印记，同时告诉世人，孤独沉默的德库安，有时就是编辑自己。

周作人与庞德

周作人的文字很干净，但他做人不干净，日占北平时期曾附逆任伪职，这是众所周知的事。不过周作人战后没吃多少苦头，为什么呢？才情救了他，俞平伯、沈兼士等京城15教授联名为他说情，最后草草判个10年，只关两年就出狱了。新中国成立后看鲁迅面子，也没追究他，让他为人民文学出版社校订译稿，算是得了善终。不过才情不等于品行，此公做人不怎么厚道，居然一边品日本清酒，一边嘲讽丰子恺译《源氏物语》“乃茶店说书”，“根本不可用”，丰译一如其散文，一贯清新典雅，抗战时更毁家纾难，领十几口人颠沛流离于湘黔桂，为的就是不做亡国奴，假使译稿有瑕疵，指出就是，何至于出此轻慢之语？

在西方可与周作人做类比的是庞德。庞德也是位饱学之士，一部两万三千行的《诗章》，奠定了他作为美国现代诗歌之父的地位，他也喜欢文学翻译，译了不少中国古诗，还喜欢在自己的诗中嵌进汉字，让洋人猜谜似的琢磨半天。可这个爱诗的人，同时也爱墨索里尼，觉得那独裁者挺有诗意的，经常上电台为墨氏鼓噪，只要写出新作，就拿去给墨氏看，墨氏根本不识几个英文，哪里看得懂？可庞德乐意，觉得找到了知音。

众人大都以为庞德的成就在于其诗歌创作，其实庞德最厉害的地方，在于他的编辑眼光。他有一只诗的鼻子，能嗅出眼前的诗歌有几成新鲜，值不值得做精加工。H.D.是一个例子，她最初写出来的诗稿，在庞德看来是一团乱麻，经他大刀阔斧一番梳理，完全变了样子。H.D.起先觉得他太霸道，还跟他争吵，可看过他梳理后的作品，不得不承认境界上了一个台阶。也许有人说那H.D.有才有貌，是个大美人，庞德钟情于她，改她的诗当然用心，这话冤枉他了，他爱才若渴，一生帮了不少人，乔伊斯的小说集《都柏林人》被退稿20余次，后来是庞德帮他推出来，结果成为世界经典。

"我用一抔土/告诉你恐惧是什么。"这是T.S.艾略特《荒原》中的名句。庞德接过《荒原》时，那是一大堆庞杂的诗句，如同睡梦中的呓语，连艾略特自己都没信心修改好。庞德毫不留情地举起了斧子，那是真正的斧正，全诗被他削掉一半，最重要的是他改变了诗的结构，同样的句子因为位置的改变，产生了不同的历史感——对长篇作品而言，结构起的作用是不言自明的。艾略特后来获诺贝尔文学奖，《荒原》是获奖作品之一，为此他对庞德心存感激，在后来的版本中，特意在扉页注明将此作献给庞德。

二战结束后庞德被押回美国，被捕时身上带一本汉语字典。包括海明威、弗罗斯特、艾略特在内一大批文化名流为他求情，可他确实是纳粹的同情者呀，怎么办呢，关起来没法向文化界交待，不关又如何对得起千百万死难者？盟军司令部最终决定还是关，不过不是关进大牢，而是关精神病院，一关就关了十几年，应该说庞德晚年遭受的处罚比周作人严厉得多。周作人死于1967年，5年后庞德去世，两人都活过了80。

今生只译他

读翻译过来的名著，译本的选择是最要紧的，译本没选好，不但读起来索然，甚至还会进而怀疑原著的价值，选准译本是读译著的第一步。如今懂外文的多，做笔译的也多，那么如何判断谁的译笔好呢，以文学翻译为例，最简单的方法是看谁是译家，好的译家必然有好的译本。在近现代文学史上，好译家是与名家名著紧密相连的，比如朱生豪译莎翁，草婴译托翁，傅雷译雨果，汝龙译契诃夫，钱春绮译歌德，冯至译海涅，屠岸译济慈，李文俊译福克纳等等，都是译界有定评的权威译家译品。

西方人也非常看重译本，以红楼梦英译本为例，有霍克斯（David Hawks）译本和杨宪益、戴乃迭夫妇译本，若按信、达、雅的标尺，两种译本各有特色，霍译文字通畅，符合达，杨、戴译则细腻传神，更接近雅。圣经中文本的版本更多，我手头就有四五种，被广泛认可的版本有传教士马礼逊译本和狄考文译本，马译最早，狄译较全，赛珍珠父亲赛兆祥也有译本面世，市面上通用的和合本则是多人合译的结晶。此外还有一些别的版本，华人洋人主译的都有。圣经译本通常是不署名的，大概在译者看来，传播福音是善举，重要的是传播的内容，而非传播者自己。

好译家当然是历练出来的，除了要有中外文功底和深厚的文学造诣，更重要的是选准适合自己的作家作品，在翻译中研究，或在研究中翻译。我曾经与有志做译家的人士聊天，建议一要选准，二要坚持。所谓选准就是找自己喜欢的作家或流派，这种喜欢不仅是阅读时的审美喜悦，同时也要与自己的价值观相吻合。一部作品若不喜欢，很难想象会译好，更难想象会译出华彩。译家当然应该有偏好，说某大翻译家什么风格的作品都能译，这话我是不信的。坚持容易懂，选准后不要轻易放弃，当终生爱好来做，这话说起来轻巧，真能做到需要强大的意志，世上诱惑那么多，能在青灯素影下笔译一生者，毕竟是少数。

在我接触过的译家中，不乏这样的例子。文楚安看过漓江版的《在路上》后，专门来信指出当中误译漏译之处，表示自己愿意做全译本。他常年研究美国垮掉派文学，曾专程乘灰狗巴士重走凯鲁亚克当年的流浪路，对小说描述的环境有具象的认识，对垮掉派其他重要作家如金斯堡也有译介，后来他重译的《在路上》问世，不但译作叫座，译者也成为垮掉派文学专家。翻译是项耗神耗力的苦活，文兄英年早逝殊为可惜。

我最早接触劳伦斯译家黑马，是约他译劳氏随笔，

《在路上》三个中文版本

彼时只知道他研究劳伦斯，并不知道他对劳氏如此迷恋，今生只译他。黑兄曾遍访劳氏成长地诺丁汉的大街小巷，感受作家与爱妻弗丽达一见钟情的英伦细雨，20多年过去，不仅译出了《查泰来夫人的情人》、《恋爱中的女人》、《虹》等代表作长篇小说，还翻译了劳氏的中短篇小说集、随笔、散文和传记，半生侍奉，义无反顾，以这样的专情翻译一位大作家，自然会成为劳氏专家。

我与康妮的激情相遇

康妮是查泰来先生的夫人，劳伦斯笔下的一位美丽女子，因为丈夫负过伤不能过性生活，于是与庄园守林人米洛士产生爱情，成为米洛士的情人，描写这段炽热爱情的小说，就是著名的《查泰来夫人的情人》。我初进出版社，听说湖南人民社出版了这部书的中文本，很吃惊，有点不敢相信，因为我知道这本书被定性为色情作品，是轻易不能出版的，可湖南的朋友很快寄来了样书，封面是一位戴宽边太阳帽的少女。既然书出来了，说明这本书解禁了，加上劳伦斯去世早过50年，没有版权问题，于是漓江社也打算出这本书。

没过多久，我接到了《查》的译稿，被告知译者晓明是巴金巴老的一个亲戚，巴老的文笔那么好，亲戚的文笔自然也不差，稿子拿到后看了一礼拜，译笔果然流畅，英格兰田园风光栩栩如生，不过可能是出于谨慎考虑，晓明先生把康妮与米洛士的性爱场景略去了，凡出现两人做爱场面的段落，都成了省略号，这倒也省掉了麻烦，算是一个洁本。不仅如此，为安全起见，我还找来1960年伦敦中央刑事法院裁定企鹅出版社无罪的判决书，再现了当年围绕这本书展开的激辩场面，并附上劳伦斯论文学与色情

《查特莱夫人的情人》中文本封面（未出）

的两篇文章，引领读者仔细辨识色情与淫秽的区别。劳氏说对于文学而言，色情就像挠痒痒，有时是必须的，也是无害的。淫秽则不然，属于被禁止的范畴。

译稿出终审样了，封面也制作好了，把康妮设计成穿碎花上衣的妖娆少妇，就等签字付印。这时主管译文的刘硕良先生找来本英文原著交给我，说出洁本不能反映原著全貌，你把省略的部分都译出来，我们做一个全译本吧。刘先生做出版向来追求完美，做全译本符合他惯常的套路，可这活儿交由我来做，还真够考人的。省略的部分倒也不难查找，有十几处之多，有的是几小段，有的则比较长，是长是短得由康妮的兴致决定，刚开始浅尝辄止，译起来顺手，越到后面篇幅越长，少妇的情欲如燃烧的火焰，可以持续好几个页码。我那时还是单身，译这些章节犹如冰与火的撞击，加上男女主角激情洋溢时喜欢说四个字母的粗话，译起来真叫□□□痛快，情节译完，我也完成了一分性爱的洗礼。

说来也够荒唐的，我至今未从头到尾读过《查》的英文本，只读过书中的性描写，而且还读得特认真。我得承认劳伦斯的小说有一种野性美，哪怕描写性也很阳光。他抱病三易其稿，死前才完成全书，康妮可以说是他的最爱，身上多少有爱妻弗丽达的影子。可是接下来局势急转直下，湖南社因为出版这本书受到严厉处罚，于是漓江版《查泰来夫人的情人》自然也就胎死腹中，单留下封面样稿供人凭吊。

那些夫，那些娃

布罗茨基

最近有个小表妹从曼谷到斯德哥尔摩，我忽然想到了俄罗斯诗人约瑟夫·布罗茨基(Joseph Brodsky,1940-1996)。布罗茨基也去了斯德哥尔摩，不过他是从彼得堡到斯德哥尔摩，由一个一无所有的流浪诗人，成为诺贝尔文学奖的得主。俄罗斯人是很有民族自尊心的，哪怕在斯大林时代和后斯大林时代，也就是苏联解体前的那些专制岁月，俄罗斯的知识界都很少表现出对西方文化的乞怜姿态。前苏联当局对这些人是很恼火的，认为他们是西方文化的传声筒。既然你们如此崇尚西方的价值观，那就去西方生活吧，别留在俄罗斯的土地上烦人，遇上有哪个当局讨厌的人出国开会，就吊销他的俄罗斯护照，让他有家不能归。

在有的中国人看来，出国不归还真是求之不得的好事呢，怕就怕遇不上这种事，可在俄罗斯知识分子心中，这是一着狠招，还不得不防。谁不热爱自己的祖国？谁愿意去陌生的土地上流浪？包括氢弹之父萨哈罗夫在内的众多学术精英，为了避免被驱逐出国，从20世纪70年代开始拒绝出国访问。大文豪索尔仁尼琴被囚禁多年，出狱后他婉拒各国移居的邀请，后来前往哈佛演讲，把自我感觉良好的美国人骂得狗血淋头，美国人这才知道俄国作家的厉害。

布罗茨基从小崇拜普希金，15岁开始写诗，因为长期没有工作，被当局列为社会闲散人员，或曰社会寄生虫，又因为拒绝接受分配的工作，甚至被抓去边疆劳教。劳教这一招也是很厉害的，饿不死你累都累死你，至少累得你没力气思考，没力气写诗，曼杰尔斯塔姆就是累死在西伯利亚的。可是布罗茨基居然没死，又回到莫斯科。眼见他依然钟情诗歌，不可救药，1972年的某一天，由几名克格勃人员押送，把他塞上开往维也纳的航班，待飞机降落后就像扔行李一样，把他扔在了奥地利，也没给他护照，就把他当难民给黑掉了。这个聪慧的年轻人，在以后的岁月里，居然用英文写诗获得了诺奖，后来出的一本书，就叫《从彼得堡到斯德哥尔摩》，漓江出版社出过中文本。

俄罗斯人对祖国的眷恋，自然赢得了西方世界的尊重，这也是哪怕苏联解体，西人依然不敢小觑俄罗斯的原因。一个人不眷恋自己的根，是会被别人轻视的，别看背包的老外满世界跑，他们心中都有自己的骄傲。那么是什么支撑着俄国人内心的骄傲？是什么在艰难的时光中，依然维系着他们对未来不灭的盼望？是灿烂的俄罗斯文化，是屠格涅夫、契诃夫、门捷列夫、巴甫洛夫，是茨维塔耶娃、阿赫玛托娃、乌兰诺娃，是许多其他的夫和其他的娃，是深藏在俄罗斯人心中的高贵的露珠。一个民族如果没有这样的露珠，会被光阴的风吹得干枯。

绝尘而去的《骑兵军》

曾有朋友问，世界那么大，外国作家那么多，你们做出版的，怎么知道哪些作家好，哪些作家不好呢？没错，望着那一张张陌生的面孔，要想判断谁优秀还真不容易。真说有什么办法，恐怕也只有两个，一是多读点书，二是多请教专家学者。多读点书很有好处的，一次开会我跟一个女硕士坐一排，言谈中知道她的毕业论文写的是印度作家纳拉扬，便就他的作品多说了几句，结果引来她的诧异。你怎么知道纳拉扬？她问，言外之意是全中国只有我在研究纳拉扬，你从哪冒出来的？其实我哪知道什么纳拉扬呀，也就知道点皮毛，知道他写过几本小说而已，可就知道这么一点点，差点吓着了人家女硕士。

自己有了判断，还得说服别人。这些年有个前苏联红军作家在中国挺受追捧的，叫巴别尔（Isaac Babel，1894-1941）。远在他走红之前，大概是20世纪90年代末，一位苏州大学的俄语老师找到我，热情洋溢地向我推荐《骑兵军》，说译稿已全部完成。我

巴别尔

当时以为是一本红军打白军的小说，类似写保尔·柯察金的那本，仔细看才发现不是这样，藏在故事背后的东西还比较丰富，专家就是专家，常年埋伏在某个领域，推荐的东西自然不同凡响。于是我兴冲冲把书稿拿去报选题。

出版社讲求经济效益了，一本书做不做取决于挣不挣钱，各部门的人都可以参与选题论证。我把巴别尔提出来，有同事就出来反对，理由很简单，说这个作家这么陌生，我从来没听说过，怎么卖得动？我心想我不介绍进来，你怎么会听说过？当然这是气话，嘴上还得多做解释，说巴别尔如何优秀，小说如何好等等。

如今40岁以上的人，接触到的外国文学，也就是大学里那点老掉牙的课程，说来说去那几个作家，能有多少见识？又不像新一代潮人，还努力多读些国外新书，所以任你怎么解释，对方脑子里也是一团糨糊。我当时没说这是鲁迅很器重的作家呢，因为当时不知道。说鲁迅器重很管用的，现当代中国人不知道阿鲁哥的大概没几个。选题自然没通过，《骑兵军》后来在别的出版社找到突破口，一路冲进中国文坛，引发阵阵惊呼。说实话我没觉得他的小说是一流，说超过了契诃夫那更是一家之言。巴别尔后来被契卡秘密处决，这悲剧多少也成就了他的文学，后人总是更愿意把同情献给无辜蒙难的冤魂。

同事尚且如此，要想让一般读者接受一个新作家，那过程就更难了。我时常想这么难的事，林纾他们是怎么做到的呢？林纾们把大小仲马的小说引进中国，还是前个世纪的事了，那年头的中国读者，只习惯于欲知后事如何，且听下回分解的结构，怎么能相信洋人也会写小说，更何况写小说的还是两匹马？可事实证明洋人的小说还是很受欢迎的，尤其是小马写的《茶花女》，让多少男女洒下热泪，明白原来洋人也有林黛玉，原来世上除了林黛玉，还有蛮多女孩子蛮伤心的，原来小说也可以这样写。2010年以后谈论略萨不是本事，是时髦，那么谈论谁才是本事呢，也没什么捷径，多找几本书，慢慢看呗。

《骑兵军》中文版封面

洋虱子

近代史有好几个美国文化人，与中国的命运息息相关，赛珍珠不用说了，因为描写中国大地上的故事，获诺贝尔文学奖，她说与其说自己是美国人，不如说更像中国人。同样自认为更像中国人的美国人，还有司徒雷登等，光看这些中式姓名，就知道他们与这个国家有着怎样的缘分。这次我要掰掰明恩溥（Arthur Smith, 1845-1932），这人来华时间更早，名气虽然不算响亮，但对近代中国的影响，丝毫不亚于前述二位。明恩溥1872年携新婚妻子来华传教，选定山东恩县（今平原县）庞庄开设教会，一住就是30年。

1900年义和团兴，明恩溥携家人躲进北京东交民巷使团驻地，期间遭遇围攻炮火二月余，见证了那段惨烈时光。他一生做了两件大事，1906年回美力促时任总统老罗斯福将庚子赔款退还中国，用做教育基金，资助中国学生留美。受惠于这笔基金的留学生，当中有日后成名的梅贻琦、赵元任、竺可桢、胡适等，至于用庚款创办的清华学校（清华大学前身），培养的学子更是不计其数。美国的举措还起到示范作用，其余国家纷纷退款办学——李石曾牵头的中法大学用的就是庚款，惟有日本拒绝归还。此为其一。

其二，他写了一本书叫《华人特质》。1890年上海英文报纸《字林西报》为明恩溥开设小品文专栏，从洋人的视角看中国人，他以山东传教经历为素材，连续写了四年，描述眼中的华人脾性。“有一次我出席中国人的一个礼拜仪式，布道的牧师讲的是乃缦（圣经人物）的故事。为了使听众有身临其境的感觉，他描绘了乃缦的随从为他叫门的情形。这位布道者惟妙惟肖地模仿那些随从的样子大叫道：‘看门的，开门！亚兰的元帅来了！’使他吃惊的是，一个坐在后排的人突然像一颗飞快的子弹一样弹了出去，……那个人是教堂的看门人，之前没有注意听前面的内容，只是突然听到有人叫他开门，便条件反射一样地马上去给乃缦开门！”（戴欢等译，下同）

“……中部某省的一位传教士，为了让听众对他讲的内容有一个深刻印象，便用一架幻灯机放出一只高度放大的寄生虫的图片。当这个爬虫的巨大身躯，好似埃及鳄鱼似的横卧在银幕上时，人们听见了一位听众敬畏的低语，‘看，这只洋虱子好大啊！’”这些文字有点辛辣，但也没有恶意，颇得同时代作家马克·吐温之精髓，与任何一位幽默大师相比都不逊色。1894年明恩溥将小品文结集出版，广受读书界欢迎，被视为了解中国的必读书。

值得注意的是，这本书在影响洋人的同时，也深刻影响了我国近现代作家。首先他的文风影响了林语堂，林氏擅长诙谐小品文，在英语文学界有一席之地，他早年读过明的文章，后来写出《吾国与吾民》，明氏的行文风格依稀可见；其次明的观点影响了柏杨，《丑陋的中国人》里描写的种种民族劣根性，在明氏的文字里有佐证；鲁迅最初读到明恩溥这本书，是由日文译过来的，一读就难忘，曾数次在日记中提及，去世前半月还希望有人译出全本。明对中国人性格的剖析，无疑触动了他，此后他写出《阿Q正传》，用小说形式对《华人特质》做出呼应。如今90多年过去，阿Q的精神胜利法依然是我们身上的特质之一。

天堂的文字

洛 克

香格里拉一词有“世外桃源，乌有之乡”的意思，一般人都以为源自英国作家希尔顿的小说《消失的地平线》，实际上希尔顿杜撰的这个词，是从藏语发音而来的。它出现在大萧条时期的1933年，给人带来一种朦胧的期望，感觉是如此玄妙，立即赢得欧美读者一片叫好声，曾一度掀起过乌托邦小说的阅读热。美国总统的夏宫如今叫戴维营，曾见证萨达特与贝京签署历史性的埃以和平协议，而它最初的名字就叫香格里拉，是时任总统罗斯福圈定的，可见香格里拉这个词寄托着洋人怎样的盼望。

希尔顿从未去过藏区，怎么会想到这个名字呢？作家就是会创作的家伙，有的作家是靠阅读发挥想象力的，1924年希尔顿在翻阅当年的美国《国家地理》杂志时，被几篇介绍云南纳西族文化的报道吸引，正是这组文章激发了他的创作灵感。文章集中介绍丽江、亚丁、稻城一带风情，配发了大量图片，有喇嘛寺庙，有东巴象形文字，还有当时鲜为人知的玉龙雪山、泸沽湖，文图作者叫洛克（Joseph Rock，1884–1962），是美籍奥地利人。

漓江与丽江在英文里是同一个词，别看漓江现在名气大，每天游人如织，其实丽江更先进入洋人视野，原因就在于这个洛克孜孜不倦的介绍。他当时受《国家地理》杂志之托，由泰国清迈进入云南，本来是溯怒江而上寻找大风子树和其他植物种群的——他做得确实也不错，如今哈佛大学的阿诺德植物园里，存有197种他采集的植物标本，有的已经完全绝灭。不过他一抵达四方街，注意力马上就转移了，不得不转移，因为他看见了人类语言文字的活化石纳西文。

当时的中国一片乱象，洛克亲眼目睹了马家军与藏军对甘南夏河县拉卜楞寺的惨烈争夺，战后经卷被烧寺院被焚。纳西文字处于那种风雨飘摇的年代，随时也有湮灭的可能，洛克赶紧写文章拍图片，试图将记忆传给后人，但是做完这些后仍心有不甘，觉得还不够，于是下决心住下来，干什么呢？编一部纳西文英文词典。这可是一桩浩大工程，为此他在大研古镇生活了24年，攒集了几千件纳西文手稿。纳西文是手绘的，很直观，有符号也有情景，比如画一只老虎和一朵花，显示了人类早期生活的简朴与纯净，在我看来是天堂的文字。

要为这样的文字找到相应的英文，是很不容易的，洛克采取音译与意译并列的方式，在每幅手稿旁注明读音与意思，初步实现了两种文字的直接转换。得益于纳西长老的协助，洛克最终确定了1094个双语转换条目，同时还完成了两卷本纳西民族史。1949年洛克离开丽江，回到他原先的出发地夏威夷，词典在他去世后的第二年出版。近一个世纪过去，这些书如今依然是研究纳西文字的权威著作，只是因为未再重版洛阳纸贵，要想见到原版书几乎不可能。洛克对植物学的贡献是巨大的，对纳西文英文互译的研究也为首创，与这些成就相比，他给希尔顿提供的香格里拉灵感，似乎就不那么重要了。

风中卖唱者

好诗人往往也是怪人，因为要把诗写好，会有一些异于常人的生活方式，美国诗人维切尔·林赛（Vachel Lindsay,1879-1931）算是一位。他本来是学医的，完全可以过上锦衣玉食的中产阶级日子，但这位个头高挑的年轻人，似乎对富足不以为意，更喜欢追求精神的冒险。他决心去做街头艺人，抱一把吉他徜徉于广场，踯躅于车站，朝面前的匆匆过客吟唱自己的诗，饿了就折腰捡几枚硬币，去咖啡馆换两片面包。在旁人看来，这种生存方式不值得羡慕，可林赛觉得自在，更要紧的是，他觉得这样可以宣讲自己的主张。

他都有些什么主张呢？简单说就是爱惜自然爱惜人心。林赛生于伊利诺伊州州府春田城，与阿伯拉罕·林肯是同乡，两人都姓林，虽说林肯遇刺14年后他才降生，但林肯崇尚的民治、民有、民享思想，林赛一生奉为圭臬。他在创作上出道很早，20多岁就名闻美国诗坛，与桑德堡、马斯特斯一道被称为伊利诺伊诗歌三杰，这三人的风格也相像，都走平民路线，作品节奏明快通俗易懂，好似用诗歌布道，有点文学牧师的味道。

林赛深受黑人歌谣影响，他的诗歌中甚至用上黑人方言，他觉得这样更容易打动人心。“别让我们的城市太大，别忘了/小小雅典是缪斯的家/牛津仍然掌管着伦敦的心脏/佛罗伦萨将文艺复兴带给罗马。”(《春天的楼房》)“工厂的窗户总是破的/总有人扔砖石/总有人掷炉渣/玩弄蹩脚的莽汉诡计/工厂的窗户总是破的/其他的窗户平安无事/没谁去朝教堂的窗龛/投掷仇恨愤怒的石子。”(《工厂的窗户总是破的》)林赛的诗歌深得叶芝赞赏，1915年他进白宫给时任总统威尔逊及内阁成员做诗歌朗诵。

然而因为走的是街头艺人的路子，诗写得越多，世俗的好处就越少，与诗歌的辉煌相比，林赛的个人生活就很窘迫了，可谓不如意事常八九。他先是热烈追求女诗人莎拉·蒂斯代尔，莎拉的诗也写得不错，与林赛在一起话特多，可她很看重对方的经济实力，觉得林赛诗好人好，就是钱太少，后来还是选择嫁给了一位商人。这事给林赛沉重打击，他本来是很不在乎钱财的，更看重灵魂的交流，殊不知世间多少情与爱，都被金钱祸害。他在失恋中苦熬十余年，45岁那年娶了一位小他22岁的年轻女子康纳。

诗人是不适合结婚的，自由与牵手不可兼得，既然要了自由，就别轻易牵手。这桩婚姻将林诗人逼入绝境，康纳爱花钱不说，随后两年一女一子先后降临，他发现自己一下子身陷重重债务。他发疯似的整天出门去卖唱，从纽约东区唱到西区，所得远远不够家庭开销，虽说《诗歌》杂志付给他重酬五百大洋，相当于2012年的6000多元美金，但也无济于事。1931年林赛在绝望中喝碱水自尽，时年五十有二。再补充一句，莎拉·蒂斯代尔婚后并不快乐，后离婚搬到纽约想与林赛重叙旧情，未如愿，林赛自杀后两年，她自溺于自家浴缸。

奥康纳“先生”

美国南方女作家弗兰纳里·奥康纳，是个怀有巨大文学抱负的女人，她的名字里本来还有玛丽二字，叫玛丽·弗兰纳里·奥康纳，但为了文学自己把它去掉了。“谁愿去买一个爱尔兰洗衣妇写的小说？”她自嘲。如同勃朗特姐妹早期的想法一样，奥康纳去掉玛丽二字，除了想去掉爱尔兰印记，更重要的是，不想让读者由作品联想到作家的性别，她也确实做到了，弗兰纳里是一个中性的名字，她收到的第一封退稿信，写的就是“弗兰纳里·奥康纳先生”收。

这位“奥康纳先生”言辞犀利而刻薄，收到退稿信后，给代理人回信说：批评意见很含糊，除了表示不喜欢我的作品，什么也没说。我觉得他们提出的反对意见，正是我的作品优越的地方，一想到要根据他们的观点来修改作品，真是很扫兴。奥康纳一家有红斑狼疮家族史，她自己也染上了这种病，病情反反复复，一会儿好一会儿糟，弄得她两腿浮肿骨质疏松，要靠金属架支撑才能行走。“我来自这样一个家庭，惟一可以合适表达的情绪是生气，这种情绪在一些人身上产生喉炎，在另一些人身上产生文学，在我身上则二者兼而有之。”

奥康纳头像

连父亲因红斑狼疮去世，她也自我调侃，说她把父亲的死看做一种神迹，提醒她以后会成为作家。顺带说说，世人都知道奥康纳是小说家，不太留意她的绘画才能，其实在大学念书时，她就经常在校刊上发表漫画，漫画更能显示她的尖酸，比方她画两个女生看油画风景，配上的文字是："我也不喜欢这些老派的图画，但看看无妨，人家还以为我热爱艺术呢。"还有一幅也好玩，一个同学抱一堆比脑袋还高的书，一边走一边问旁人："都有这么多书了，还要老师干吗呢？"文字都是她自己配的，文配图，在校刊上连载三年。

她也试着给《纽约人》等杂志投过漫画稿，但杳无音信，设想她若发表几幅作品，或得到一点鼓励，成为一个女漫画家也未可知。喜欢画漫画的奥康纳，自然也喜欢用文字漫画小说中的人物，比如在《慧血》中，她描写一个白人去博物馆偷耶稣像，为了嫁祸于黑人，他用鞋油把自己的脸和手臂抹黑，这样万一被发现，警卫会以为是个黑人干的。可是很不巧，那晚警卫睡着了，他顺利地偷到了耶稣像，没被任何人发现，脸上的鞋油不但没起到嫁祸于人的作用，反而成为事后被抓的证据。在另一篇小说《乡下好人》中，一个鲁莽的圣经推销员吻了一位独腿女博士后，扛着她的假肢就跑，生怕她追上他。

奥康纳终生未婚，把文学看得比婚姻更重，她长期生活在佐治亚州乡下，通过阅读了解世间万象，喜欢霍桑、塞林格、马拉默德、纳博科夫，喜欢的多半是男作家，《洛丽塔》备受争议时，她曾撰文力挺纳博科夫。在被诊断出患红斑狼疮后，她如自己判断的那样，又活了十几年，在写出经典长篇《慧血》的同时，完成了两卷短篇小说集，被誉为美国有史以来最优秀的短篇小说家。她对自己的命运是很坦然的，曾说："人在挣扎苦忍这个世界的同时，也会热爱这个世界。"她就是凭着这种挣扎和热爱，度过了39年的短暂人生。

"Isn't it fortunate that Genevieve has completely escaped that boy crazy stage?"

"Do you think teachers are necessary?"

奥康纳漫画

会倒走的小鸡

可能与中国近代战乱频仍有关，我们喜欢把各地作家按准军事编制划分，比如湘军、陕军等，分别指湖南作家群和陕西作家群，至于有没有把江苏作家称作苏军，或者新疆作家称作新军的，我不知道。美国人也按地域划分作家群，但他们划分的群落比较广阔，最著名的是南方作家群，所谓南方通常指佐治亚、阿拉巴马、密西西比和路易斯安那等州，也即南北战争中失败的一方，打仗都打输了，文学自然要发达一点，因为需要用文学疗伤。

奥康纳与孔雀

南方作家中最有名的当然是福克纳，不过我在这里更想介绍的是南方女作家，她们以其优雅的叙述和细腻的描绘，给世人展示了南方的丰润和美丽，可以说没有南方文学，也就没有近现代的美国文学。南方女作家数韦尔蒂、麦卡勒斯、安·波特、米切尔和哈泼·李等人最出色，弗兰纳里·奥康纳（Flannery O’Connor, 1925-1964)也是佼佼者。

奥康纳《智血》中文版封面

奥康纳出生于佐治亚海边城市萨凡纳，萨凡纳是座花园般的城市，一度做过佐治亚州州府，是老南方的象征，市区有许多英国殖民时代留下的古老建筑。她小时候就很顽皮，6岁时训练一只小鸡倒走，一时轰动街坊，被拍成电影到处播放。她曾开玩笑说，我很小的时候就上电影了，陪伴我的是一只会倒走的鸡。

21岁那年奥康纳应邀进爱荷华大学的作家工作室从事创作，这个工作室在美国文学圈很有名，主持人叫保罗·安格尔，也就是华裔女作家聂华苓的丈夫，因为聂的关系，从20世纪80年代开始，不少中国大陆作家都去过爱荷华。安格尔对奥康纳评价很高，尤其推崇她的第一部长篇小说《智血》，这是一部讲述信仰与赎罪的小说，当时还只有雏形。

正当奥康纳准备放手写作时，她被诊断患上了红斑狼疮。说起来很不幸，奥康纳父亲那一边的家族有红斑狼疮史，父亲就死于这种疾病。医生诊断她只能活5年，但她不相信医生的鬼话，为自己做了15年的人生规划，写什么，怎么写，安排去教堂做演讲——她是位虔诚的天主教徒，有时还出门旅行。她还养了100多只孔雀，仔细观察它们的习性，后来写了一本书叫《鸟王》。

《养孔雀的女人》，写的就是她。更重要的是她完成了两卷短篇小说集，这是她文学创作的精华，她因此被誉为美国最优秀的短篇小说家，与欧·亨利齐名。

在被诊断出患病后，奥康纳如自己判断的那样，又活了13年。她终身未婚，有个闺中密友叫赫斯特，两个人坚持每个礼拜通一回信，交流对宗教、文学和南方习俗的看法，十几年不曾间断过，这些信件一共有好几百封，后来结集出版。奥康纳一直与赫斯特探讨天主教的信仰，可是有一天赫忽然宣称不再信教，说自己是个不可知论者，此事给奥康纳造成巨大伤害。在奥康纳去世30多年后，赫斯特不堪孤独饮弹身亡，不是不堪没有奥康纳的孤独，而是不堪人世间的绝望。

与骷髅接吻

女作家中天姿国色者也不是没有，但多数还是相貌平平，在情场上吃尽苦头，奥康纳就属于这号女人。她自幼患家族遗传的红斑狼疮，只活了39岁，曾经给自己画过一幅著名的自画像，画上的她像只雄雉。“我非常喜欢雄雉的样子，它有角，长着一张魔鬼的脸。自画像是……一次发病后画成的，刚注射完可的松，脸孔成了别人说的月亮形，因为发烧，头发掉了好多，所以看上去就成了那个样子。画这幅画时，我既不看镜子里的我，也不看那只鸟。我知道我俩长什么样。”她自嘲。

与那些大红大紫的作家相比，奥康纳是寂寞的。她如早年的“阿默斯特女尼”，19世纪女诗人艾米莉·狄金森一样，长年住乡下农庄，大部分时间写作，不写作的时光看看云，看看树，漫长的岁月都与孔雀为伴。她喜欢戴宽边眼镜，穿素色衣服，看上去像个修女，加上生性内敛，少有知己，整天伏案工作，不是写小说，就是写信。29岁那年她碰见一个推销教材的小伙子，叫兰格杰尔，有过一段短暂的恋情。她从兰格杰尔那里获得的吻，可能是初吻，也可能是惟一的吻。

兰格杰尔长得年轻而俊朗，专门推销课本。他回忆道：“我可能还没爱上她，但已经意识到她是个女人，所以就想跟她接吻。对我的建议，她有些吃惊，但显然愿意接受。我们四唇相触时，我感觉她的嘴没弹性，好像唇上没肉，结果没吻到唇，直接就碰上了牙，给我一种触到死神的不愉快，于是没再吻下去。我感觉吻着的是一具骷髅，那经历够吓人的。”

有过这样的经历，你会明白为什么奥康纳笔下的人物总是冷冰冰的，要么邪恶，要么自私，从来不会出现可爱的形象，如果你读到一个小甜心小可爱，那你手里拿着的一定不是奥康纳。这个昙花一现的女人，有一双世上最冷的眼睛，看见谁，谁的内心就结冰，但她又有一支生花妙笔，有本事把苦涩的事写得神采飞扬。奥康纳把初吻的经历写进了小说《乡下好人》，一个鲁莽的圣经推销员吻了一位独腿女博士后，扛着她的假肢就跑，生怕她追上他。

奥康纳把情场上的失意，升华成巨大的文学抱负，若干年后有记者请她谈谈对南方文学怎么看，她说南方文学的中心在米利奇维尔，那是她隐居的一个佐治亚州偏僻小镇。这口气听上去有点傲慢，那有什么办法，情场都失意了，写作焉能不傲？何况人家还姓奥呢！

伟大的盖茨比

我爷爷那辈人识字，是从唐诗宋词开始的，熟悉论语、左传，我父亲那代人读的是民国启蒙课本，里面除了介绍孔子、神农，还有英文启蒙，估计他们小时候不常见到伟大这个词。轮到我就不一样啦，我有幸在20世纪60年代末入读小学，打开语文课本首页，就能见到毛主席三个字，在这三个字前面，是伟大这个词。那年头这个词是很神圣的，只能用在马克思、孙中山等人前面，如一件巨大的披风，非得披在伟人身上才拉风。

后来开始学英文，最早学会的英文单词之一是great，因为英文课本第一页，跟语文课本第一页的内容是一样的，上面就有这么一句话our great leader Chairman Mao，这是那个时代最有名的英文句子。不过我后来发现，这个词在英文里很平常，也可以用来形容一些实实在在的东西，比如 great tree（大树），great lake（大湖），还有我们著名的the Great Wall（长城），喜欢一个人，想称赞他一下，就可以用上great，不一定是伟人的披风，也可以是凡人的夹克。

菲茨杰拉德（S.Fitzgerald，1896-1940）出身低微，一心想进入纽约上流社会，后来靠写小说一举成名，代表作叫The Great

Gatsby，中文译作《了不起的盖茨比》，其实就是“伟大的盖茨比”。盖茨比怎么个伟大呢，他天性痴情，一心一意追求一个出身上流社会的女孩，结果酿成悲剧，被女孩伙同别人害死了。这样的男人，在我们看来至多是个情种，跟贾宝玉也差不多，距离great远着呢，可菲茨杰拉德喜欢他，就要说他great。大概在洋人眼中，为爱情而死也是一种great吧。菲氏写作这部小说时，一定是把盖茨比当做了他自己，所以才写得那么悲情动人。

现实中的菲茨杰拉德也是很痴情的，但要比盖茨比幸运些，他娶到了梦中人泽尔达——那是他20岁那年滑雪时遇到的小姑娘。泽尔达出身豪门，美丽而聪慧，任性而放纵，菲氏被她折磨得死去活来，或者说两人相互折磨得死去活来，后来她进了疯人院，他44岁时死于心脏病突发，眼前还放着未完成的书稿。后人以他俩的罗曼史为原型，写了另一部小说《阿拉巴马之歌》，赢得了2007年的龚古尔文学奖。

如今伟大这个词，总算回归了真实含义，可以用在各行各业的人身上，比方世界杯期间赛况很热闹，出现了一些脚法了得的球星，就可以用上伟大这个词了。伟大的阿根廷中场灵魂梅西，伟大的葡萄牙前锋C罗，伟大的荷兰右边锋罗本，或者伟大的科比，伟大的姚明等等，都可以。世界杯是在南非举办的，我至今记得有个南非游泳女选手纳塔莉，用一条腿参加健全人奥运会，并在北京奥运会上取得名次，用伟大形容她，实在不为过。

雨天的和尚

世界杯期间读香港报纸的足球专栏，是要费一番脑子的，什么C朗拿度，马勒当拿，美斯，碧咸，原来分别是我们熟悉的C罗，马拉多纳，梅西和贝克汉姆，不过想想粤语把咸念做寒，碧咸比照Beckham的读音，也自有其神似的味道。早期的许多外国人名地名，一定是南方人译的，要不好端端一个Argentina，怎么会译作阿根廷呢，译成阿金提那才更接近发音哈。说到翻译，笔者20世纪80年代末参加编辑《国际诗坛》，有一期是先锋诗歌专辑，选登一组荷兰当代诗歌。译文排出来，有的句子开头就是问号。

世上有这样的诗句吗？我当时很怀疑，可人家号称先锋诗歌，没准这就是先锋的一种标志？荷兰语是小语种，为稳妥起见，把校样寄给了北京的译者。等校样再寄回来，里面的问号没了，悄悄移到了句尾。以当时诗坛对西方诗歌形式的狂热迷恋，我想要是按原样付印，可能会兴起一阵问号打头的诗歌浪潮吧？

20世纪90年代后出国的人多了，出现了新一代译者，有的新译者口气比较豪迈，说自己操持外文跟母语一样娴熟，译文比原文更精彩。碰上这种豪言，我也是很怀疑的。我承认有时候信手拈来，会有神来之笔，自己觉得好得意，但那也只是自己瞬间的小得意罢了，谈不上对原文的超越，文学翻译之所以要讲究信达雅，表明的是对原作的尊重。在许多情形下，做翻译只是译一层意思而已，文学色彩越浓烈，越不好译，更何况有的意思是有地域差异的，只有本民族才能充分意会。

当年毛泽东与尼克松聊天，说自己是和尚打伞无法无天，这句话我们能意会，但译员译成我是个撑伞在雨天行走的和尚。译文立刻传遍西方世界，洋人觉得毛真够浪漫的，都山雨欲来风满楼了，还撑把伞在外面走。弗洛斯特说诗歌是翻译中失去的那些东西，那意思无非是说，译出来的文字如同嚼过的蔗渣，味道都没了。不过在这个例子里则相反，译员给毛增添了无限诗意。我们看得泪流满面的红楼梦，不怎么打动西洋人，西洋人觉得惊心动魄的浮士德，我们读着读着会犯困。

都说越是民族的，越是世界的，其实民族到了极致，成山歌了，也麻烦，比方刘三姐这样唱："什么水面打跟斗，什么水面起高楼，什么水面撑阳伞，什么水面共白头？"比喻多生动，但要译出民歌韵味，让西洋读者心领神会，还真不容易。至于水浒里那些绰号，什么鼓上蚤，活阎罗，一丈青，母夜叉，恐怕也只能译出一点意思了事，红楼梦英译本把黛玉译作Black Jade就曾引起争议，这个英文名有荡妇的意思，真是亵渎我们纯洁的林妹妹了。从这层意义上说，翻译就如同在水面打跟斗的游戏，打完了赶紧走，打多了会磕上石头。若有谁说自己的外文跟母语一样熟，我只好反过来理解，其实他的母语跟他的外文一样生。

在喧嚣中迷失

如今新一代作家英文好，起点高，阅读面是很宽的。我曾问一位青年女作家最近读什么书？她说了一本英文小说的书名，我又问作者是谁？她又说出了一个作者名。说实话，书名和作者名我都没听说过。我问为什么想读这本书？她说也没什么为什么，就是在阳朔时听老外推荐不错，就拿来看了，也觉得不错。后来我查了查这个美国作家，才知道这是个畅销书写手，作品不算少，类似20世纪70年代的芭·卡特兰或80年代的丹·斯蒂尔，后两位女作家在美国的知名度，相当于华语文学里的琼瑶。

由此我想到如何辨识外国文学作品的品质。中国人读外国小说大概自林纾始，林译西洋小说曾风靡一时，很得读者欢心，那个时代的翻译家是很挑剔的，只译名著，此后的译家也大多遵循这个路子，介绍进来的小说基本上都有定评，于是我们知道了托尔斯泰、罗曼·罗兰，这些文坛巨擘深刻影响了好几代中国人，及至“文革”结束，我们了解的外国作家还是他们。大约从20世纪80年代开始，卡夫卡、福克纳浮现于视野，到90年代，凯鲁亚克、纳博科夫、村上春树出现了，我们甚至开始了解同时代的别国作家，经过一路追赶，终于与世界接轨。

有的朋友可能不同意这种观点，认为中国文学自有其高妙之处，不需要与世界文学作比照，更不需要什么追赶，这是另一个话题。我们都知道鲁迅在近代文坛的大佬地位，不是老大就是老二，但鲁迅面对外国文学是很谦恭的，他曾花不少力气译介北欧和东欧国家的作品，现在回过头看，那些小国文学也谈不上有多伟大，但至少还是有参照意义的。那个时期的鲁迅，非常了解同时代外国作家想什么写什么，对世界文坛的洞察是很先锋的，仅就这一点而言，如今的许多作家还真比不了。

要想知道同时代的别国作家有多优秀，远比阅读古典作家困难得多，古典作家经过时光筛选，是淘出来的金子，像荷马、但丁放在哪都闪闪发光。同代作家就难说了，喧嚣者未必杰出，沉默者也可能高强，就像路遇匆匆而过的侠客，你怎知他不动声色的外表下，藏着怎样的武功？在喧嚣中迷失，是阅读的常态，其实鲁迅那一辈作家，也是经过数十年岁月的沉淀才走进千家万户的，当年的寻常百姓如在花桥头卖米粉的玉卿嫂，一定没听说过他，开茶馆的阿庆嫂也未必知道，就连更年长的祥林嫂都难说，虽说她是鲁迅的生花妙笔生出来的，但是三个嫂嫂不知道，不等于鲁迅不出色。

连获诺奖作家都有可能平庸，当下如日中天，又如何能确保日后史册留名？前面提到的那个畅销书写手，名叫迪迪恩（Joan Didion，1934- ）。迪迪恩是卡波特所创非虚构小说的热情拥趸，写了大量报道式小说，在全美拥有众多粉丝，是一个靠版税过富足日子的女作家，可是就像美国人未必都是美人一样，畅销书作家未必就是大作家，她会成为文学大师吗？或者反过来问，她会被历史遗忘吗，会被汹涌的文学巨浪推上滩头，变成一具死不瞑目的鱼干吗？不知道。迪迪恩写过不少悬疑小说，她的文学命运就像她的小说一样充满悬疑。

老外怪声音

威妥玛

小时候翻新华字典，注意到汉字旁有一种符号，字母不像字母，偏旁不像偏旁，问父亲是什么，答罗马拼音，以前学校会教，现在不用了。我那时有点不以为然，觉得“民国”怎么回事呀，怎么教这么没用的东西，后来才知道这东西确实是一种汉语拼音，叫韦氏拼音或威氏拼音，发明人叫威妥玛（Thomas F. Wade, 1818-1895），是位英国驻华外交官。他发明这种注音符号，主要供洋人用来给汉字标注发音，有了这玩意儿，洋人看见方块字就可以念出来，相当于英文里的音标。

中国好声音，老外怪声音，威氏拼音解决了读音，但没能解决汉字四声的问题，所以我们听洋人说中国话，总感觉怪怪的，那种怪是因为听不出抑扬顿挫，如同听僵尸念经四声不清。我们笑话洋人说中文，在洋人听来，我们说的英文也蛮可笑的，英文有读音规则，明白人看见字母组合大致会发音，但英文也有个重音问题，发不准重音，别说日常说话，就是念一个单词，听上去也是怪怪的，也如同僵尸念经不分重音。

威妥玛生于伦敦，在剑桥三一学院学习语言学，通晓意大利语和希腊语，毕业后从军，鸦片战争时期来华，一待就是40余年。

威氏对语言的钻研可谓孜孜不倦，来华时间不长就掌握了汉语的基本读音，成为英国使团首席翻译。他对中西文化的最大贡献，是整理出一套极其实用的汉字注音法。要知道中国幅员辽阔，同一个汉字在东南西北的读法，发音差距是很大的，连我们自己都未必能分辨，更何况洋人。

这套注音在相当程度上规范了汉语名称的拼写，洋人从此分得清山西不是陕西，关东和广东是两个地方。学过英文的人都知道，北京的英文以前叫Peking，这是由威氏拼音而来的拼写方式。同样的道理，天津是Tientsin，广州是Canton，九龙是Kowloon，桂林是Kweilin，大名鼎鼎的孙逸仙是Sun Yat-sen，蒋介石成了Chiang Kai-shek，害得不明就里的后人译成了常凯申。

20世纪50年代末，吕叔湘、周有光等人参与制定公布汉语拼音方案，威氏拼音遂逐渐淡出，至70年代基本上在大陆绝迹。但威氏拼音在海外还是有影响的，尤其是人名的使用，许多华人姓氏基本上沿用威氏拼法，如黄译作Wong，邓丽君的邓是Teng，梁启超的梁是Leung。至于一些驰名已久的品牌，如茅台、青岛啤酒等，更是保留了传统译法，还不得不保留，因为洋人只认这些名称，换成新拼法，消费者会以为是山寨货。

中国人跟洋人交手前，曾以为洋人没膝盖，腿弯不下去，只要给上一棍子就起不来了，这已被证明是讹传。不过洋人的舌头倒是挺软的，说惯了曲里拐弯的洋话，有的音还真发不好，不信你教教他，你说“相思”，他永远会说“湘西”，好像知道湘女多情的典故，你说沈东子，他会说笋冬子，乍一听还以为是说冬笋呢。张爱玲举了个例子，说你若取名叫伍婉云，让洋人发这个音，他会纠结到晕。

梦中的朝露

说梦露是个大美人，大伙儿没意见，但如果我告诉你，她还会写诗呢，你相信吗？“爱人躺我身旁/枕着黯淡的光/庞大的下巴收起来了/孩童般的嘴越来越柔软/在寂静中轻微颤动。”这是梦露描写第三任丈夫阿瑟·米勒的一段诗，摘自美国Farrar, Straus and Giroux出版公司新近出版的《碎片》（Fragments）一书。这本书收集了梦露留下的许多文字，不能说是手稿，因为相当多的文字是从她的黑色记事本里整理出来的，有诗歌、断想和信札，还有照片，所以取名叫碎片。

1962年梦露去世后，她的私人遗物全部由斯特拉斯伯格接收，斯氏是著名大导演，也是梦露在影视界的监护人。经过斯氏的调教，拍摄《七年之痒》后，梦露换样了，开始喜欢读好书，读福楼拜、乔伊斯，读弗洛伊德、荣格，认真琢磨如何演好戏，内心远比公众想象的丰富，远比我们知道的有修养，也远比当下的许多女演员有思想，可以说斯氏不仅是她的艺术导师，也是她信赖的人，正是由于他的引见，她得以认识了阿瑟·米勒。应该说米勒是她的最爱，聪慧而有艺术气质，完全符合她梦中的男人形象，与米勒的婚姻是她一生中最幸福的时光。她发现身边一下多了许多她平日仰慕的文学圈名人，比方索尔·贝娄、卡波特等，感觉自己备受尊重，已经不再是昔日那个胸大无脑的性感偶像，上面那首诗就是她写给米勒的。

梦 露

可幸福是短暂的，在伦敦拍戏期间，她偶然看到了米勒的一则日记，他表示因为娶了她，时常在朋友圈里感到困窘，怀疑这段婚姻能维持多久。这个发现让梦露五雷轰顶，她从此迷上了安眠药。在记事本的一页上，她写道："救救我救救我/救救我/我觉得死期在临近/我想要的只有一个字/死。"离婚后她得了抑郁症，绝望中想到了前夫棒球王迪马乔，他对她那么忠诚，20年间每周都要送她一束红玫瑰，从未间断过。

虽然迪马乔闻讯马上来探望她，但她毕竟已经不是原来的梦露了，她的痛苦开始上升到灵魂。在一则日记里她这样写道："我在一面镜子前端详自己，看见了自己不愿看见的皱眉——凑近就能看见——烦恼，悲伤，失望，蓝眼睛疲倦无神，脸上爬过的毛细血管，如地图上的河流——头发像游蛇。除了垂死的双眼，嘴巴看上去是最悲伤的，外边的轮廓是狂暴的波涛，双唇之间有一道黑色的缝隙——它说别吻我，别骗我，我是一个不能跳舞的舞者。"不知为什么，叙述梦露的故事时，我有时会想到舒淇。

把梦露的秘密公之于众的不是斯氏，也不是他的前妻葆拉——她也是梦露的朋友，而是他的后妻安娜。安娜要年轻得多，与梦露素昧平生，1982年斯氏去世后，把遗产都给了她，这当

喜欢读书的梦露

中就包括了梦露的遗物，那本黑色记事本。她在一间壁橱里发现了两只盒子，其中一只里面装着它。卡尔·桑德堡这样评价梦露：她是那种邻家妹妹，是那种吃过晚餐后你不叫她，她也会去洗碗的人。卡波特则说："她的轻灵，光彩和飘忽不定的敏慧，永远无法呈现在舞台上，就像翩然翻飞的蜂鸟，只有照相机能凝固她的诗意。"卡波特是最懂梦露的，他看见她的灵魂，犹如一颗梦中的朝露。

黑眼睛女郎

翻译乔伊斯（James Joyce, 1882-1941）的小说《小云》时，有这样的句子："那双冰冷的眼睛让他感到厌恶，那双眼睛漠视他，蔑视他，没有热情，也没有喜悦。他想起盖拉赫提到的那些富有的犹太女郎，那些幽黑的东方女郎的眼睛，是那么富于激情，充满渴望！"小说讲述一个小诗人结婚太早，娶了个世俗女子为妻，很郁闷，一次看着镜框里太太的照片，看着她那双冰冷的眼睛，产生了上面那段联想。那段婚姻的结局按下不表，我想说的是里面的一句话："那些幽黑的东方女郎的眼睛，是那么富于激情，充满渴望！"

西方这个概念在我们看来是宽泛的，美、加是西方，欧洲也是，同样的道理，在西人眼里，东方的概念也很大。古罗马帝国曾有西罗东罗之分，东罗幅员辽阔，一度到达如今的两伊，西罗人认为东罗以及东罗以东都属于东方。中国日本叫远东，阿拉伯地区叫中东，土耳其一带叫近东，所以句子里提到的犹太女郎，就成了东方女郎，而这样的东方女郎来到中国，我们一定觉得更像西方女郎。20世纪50年代我们曾用维吾尔男子饰演美国兵，就因为他们的头发有点卷，眼眶有点凹，可在西人看来那点卷和凹，离纯正的高加索人种还远呢。

那么东方女郎的黑眼睛为什么就“富于激情，充满渴望”呢？那也是西人的想象。他们见惯了蓝眼睛，绿眼睛，忽然见到黑眼睛，当然欣喜若狂，就像我们见惯了黑眼睛，猛然见到一双蓝眼睛，也会觉得无比漂亮一样。欧洲人是很以自我为中心的，在他们看来俄罗斯、乌克兰都是东方，因此有时候连美丽的俄罗斯、乌克兰黑眼睛姑娘，也是东方姑娘，能找到个黑眼睛情人，那是很浪漫的事。所谓墨分五色，黑色本来就是最富于变化的颜色，黑眼睛姑娘自然也就最有魅力了。

物以稀为贵，钻石和玻璃都发光，但钻石值钱玻璃不值钱，因为玻璃多钻石少。所以富豪为了追求美人，给她们送闪闪发亮的东西，只会送钻石不会送玻璃。有个利比里亚强人泰勒，为了向英国名模坎贝尔献殷勤，送了她一大堆钻石，不过那些钻石是靠武力抢来的，被称为带血的钻戒，美人不敢要。我少年时遇见一北京姑娘，觉得她的眼睛和面庞都好看，尤其是那双眼睛，不是黑的，是灰的，亮晶晶如小松鼠一般，加上一口卷舌的北京话，很可爱。后来去北京，才发现那样的灰眼睛和那样的口音，真的好多好多，随便一条胡同口的小卖店都能见到，于是那种感觉消失了。

还有，既然黑眼睛这么有魅力，那么西方女人喜欢黑眼睛的亚洲男人吗？好像不多，想来想去也只想出了一个杜拉斯，想出了一个白种女人爱上黄种男人的《情人》，里面的白人女子穷得要命，男子是个华裔富家子弟。说到这里，道理也快说破了，男人看重女人的容貌，女人看重男人的教养，那教养中包含了风度、能力、财富和地位，换句话说，黑眼睛女郎靠黑眼睛就可以征服男人，而黑眼睛男人光靠黑眼睛是不够的。

花开的日子

乔伊斯绝笔《芬尼根的守灵夜》中文本终于在上海面世了，估计文坛要热闹一阵子。我不禁想起一次文化人聚会，我邻座是一位社科院外文所的翻译家，他瞅了一眼满屋子的作家，笑笑说，他们最怕我们了。我忙问为什么？他说因为我们知道他们的哪部作品，抄的是谁。这话说得有点夸张，不过也是事实，中国现当代的作家，曹禺受惠于奥尼尔，莫言的小说有马尔克斯的影子，余华早期的小说比较好，可以看到福克纳幽灵游荡的痕迹，这些都已成公论，并不是秘密，只是一般读者接触外国作品少些，若不是评论家做剖析，要想看出端倪，还得费些功夫。

翻译家整天在外国文学里摸爬滚打，对外国作家了若指掌，谁写了什么小说，哪部小说有什么特色，都比一般读者知道得多，有的作品虽未译成中文，但也粗略阅读过，大致印象还是有的。说作家受外国作家影响，可以分为两类，一类是懂外文的，作家自己就是翻译家，在翻译的过程中潜移默化，比如鲁迅通晓俄文，《狂人日记》显然受果戈理同名小说的启发，徐志摩、戴望舒、李金发是诗人，也译诗，他们的诗作流露出的现代主义倾向，与同时代西方诗坛的现代主义浪潮息息相关。

每年6月16日是布鲁姆斯节，世界各地的尤利西斯粉丝会在这天举行各种活动，纪念乔伊斯

还有一类作家并不懂外文，对域外文学的了解多半通过阅读译本获取，译家译什么就读什么，显得相当被动。有时译家没译好，也会被理解为深藏玄妙，这一点在诗歌翻译中尤其明显。诗歌本身就很玄妙，是很难翻译的，一定要译，有时只会译出一个壳，也即弗罗斯特说的，诗意是译丢的那部分。可是别小看这个壳，有时也会引领风骚若干年呢，不过这种风骚是经不起深究的，前面那位翻译家说他们最怕我们了，说的就是这层意思。

还是说回乔伊斯，他的小说并不多，除了史上第一天书《尤利西斯》，还有长篇《青年艺术家的画像》和短篇集《都柏林人》，再就是《芬尼根的守灵夜》，一共也就四部。这当中最迷人的当然还数《尤》，坊间都认为这部书难啃，其实是被里面的怪诞表述吓着了，撇开那些曲里拐弯的典故，可以看到老乔的一往情深。《尤》的主人公叫布卢姆，小说写的是布卢姆某一天的生活，这一天是哪一天呢？是1904年6月16日，乔伊斯在这天认识了他未来的妻子诺拉，一位天性烂漫的酒吧女招待，诺拉点燃的爱情之火，温暖了他的一生。

爱尔兰人是很感谢老乔的，有了他，都柏林才如此不负虚名。1954年6月16日，是布卢姆形象诞生50周年纪念，这天爱尔兰文化界发起活动，沿布卢姆的足迹行走一天，参加者还挺多，不乏各界名流，不过大家只走了一半就累坏了。小说就是小说，作家可以不管不顾往下写，现实中的人却受不了这番折腾。不过此后每年6月16日都有纪念活动，爱尔兰人把这天称为Bloomsday，可以译作布卢姆节，也可以理解为“花开的日子”。乔伊斯与诺拉相伴27年后，赶在父亲老乔伊斯去世前，选定父亲的生日那天办了婚事，那时他们已经有了两个孩子。

雨如烟，花如雪

眼见快到樱花盛开的时节了，所谓“昨日雪如花。今日花如雪。山樱如美人，红颜易消歇。”这是“民国”广东名流邓尔雅的赏樱诗句。本来想偕黑米去京都赏樱的，不想3月11日日本东北部忽然发生九级地震并引发汹涌海啸，惨景让整个世界为之震撼，生命的精致与脆弱，宛若风中的花瓣。我对日本民族的心情是复杂的，喜欢牛肉，不喜欢鱼片，喜欢樱花，不喜欢相扑，喜欢小泽玛丽娅，不喜欢石原慎太郎——不喜欢日本男人，但对日本女人并无反感。

印象中的日本女人多半身穿和服脚蹬木屐，在狭小的空间里碎步穿行，一副温顺纤柔的样子，当然那是历史的记忆。其实哪怕就是历史的记忆，也不完全是温顺纤柔的，我的脑海会闪过紫式部、嗵口一叶、与谢野晶子等女作家的影子，她们的作品无声而坚忍地影响着日本人的观念，日本文学透露出来的唯美与阴柔，正是这种影响的结果。

如今的日本女人，在东方妇女中，应该是最具有现代品质的，勇气和见识都令人印象深刻，独当一面的日本女外交官可以数出很多，比如联合国难民署前高级专员绪方贞子，前外相田中真纪子等。曾经在夏威夷火焰般灿烂的黄昏，见过几个日裔女学生，放学后在火奴鲁鲁街头等车，每人耳旁都戴了一朵兰花，光洁秀丽的脸庞，被夕阳点染成金色，那瞬间定格的美丽，如今想来依然动人。

20世纪早期的中国留日学生，是很钟情于日本女人的，郁达夫、郭沫若、周作人、蒋介石、戴季陶等，都有过日本情人甚至夫人，苏曼殊本人，还是中日混血儿。据台湾新近公布的档案，连国父孙中山都有日本妻室和后嗣。鲁迅逗留仙台期间，有过什么浪漫遭遇不太清楚，但是后来据说对好几个日本女人都有好感，一是弟弟周作人的太太羽太信子，此事导致兄弟失和；二是内山完造的太太美喜子，鲁迅一生去过内山书店500多次，常常在书店楼上，与美喜子单独倾谈；三是女歌手山本初枝，山本到上海演出时与鲁迅认识，回国后鸿雁传书数十封，并有诗歌唱和，这对于生性内敛的鲁迅，已属十分难得。

现在提这些陈年旧事，似乎是对鲁迅不敬，我却不这么看。鲁迅是人，是人就有欲望，所谓发乎于情，止乎于礼，这本身就是一种魅力。今天的日本与100年前比，已经有很大变化，但这并不妨碍我们依旧喜欢日本女子，女优苍井空的微博如此受追捧，就是一个例子。“樱花烂漫几多时？柳绿桃红两未知。劝君莫问芳菲节，故园风雨正凄其。”这是1000多年前李商隐咏樱的诗句，今春樱花盛开的时节，面对满目疮痍的家园，日本人对什么叫山河破碎，应该会有更切身的感受。

天生作秀人

1970年11月25日，全世界都被东京传来的血腥新闻所震惊，日本作家三岛由纪夫在陆上自卫队东总部剖腹自杀。他率人进入该部，将里面的头目绑起来，走到阳台上，对下面的士官发表了一番慷慨演说，大意是日本处于危难时刻，要他们起义保卫天皇。士官们不但不呼应，还对他冷嘲热讽。三岛见状回屋内剖腹，吩咐副手将其脑袋割下，副手尝试数次才完成过程，随后自己也剖腹自杀。整个仪式显然经过周密安排，当天他完成了小说《丰饶之海》，这是他自认为的巅峰之作，出发前众人朗诵绝命诗。

事件发生后欧美媒体竞相评论，一致认为三岛自杀是意欲复活军国主义。三岛在西方的知名度是比较高的，他的作品几乎都译成了英文，甚至还在《生活》杂志上发表过英文随笔，据他的小说改编而成的影片有十部之多，《潮骚》（1956）拍过两次（第一次的男女主角为吉永小百合、滨田光夫，第二次为山口百惠、三浦友和）；据《金阁寺》（1959）改编的影片《炎上》是名导演市川昆的得意之作；此外他还著有短篇小说和随笔20多卷，剧本18种，《萨德侯爵夫人》是欧洲各国戏剧舞台长演的剧目。

就在众人观点一边倒时，素来言辞犀利的美国作家维达尔发出了另一种声音。半年后他在《纽约书评》发表长文探究三岛死因。他先分析三岛的小说，认为那些小说“在艺术上没有创意，他过快地满足于那些熟悉的手法，而不是去做到最好，只是在重新创作剧本《黑蜥蜴》时，才显示出一点‘原创’……三岛由纪夫的作品，没有幽默感，机锋也不多，仅有的一点冷嘲热讽，也带有毛姆的风格。”他认为在这一点上，三岛连日本古代女作家都不如，紫式部在《源氏物语》里表现出很高的智慧，而清少纳言的《枕草子》不乏诙谐与机智。

接着维达尔分析三岛内心。“他无法或不愿改变自己的艺术，只能通过太阳、钢和死亡改变他自己，这是成为大艺术角色的惟一途径——恐怕我的同代人未必能理解，不是通过作品，而是通过死亡。如今三岛由纪夫可以与‘伟大的’美国作家如海明威（他从未写出过好小说）、菲兹杰拉德（他只写出过一部）比肩了。”维达尔对所谓复活军国主义的观点嗤之以鼻，认为三岛根本不具备政治头脑，天生就是一个迷恋自我，爱慕虚荣的作秀人，追求生如樱花灿烂，死如秋叶而去，剖腹自杀是作秀博眼球，做最后的挣扎，以死求不朽。

维达尔的推论固然只是一家之言，但不久后得到佐证。当年的日本文坛，是川端康成和三岛由纪夫两家之天下，瑜亮之争必有一伤。论才气，三岛咄咄逼人，不过若论宽厚，川端显然占优，无论后人怎样评价，事实就是这样，后者1968年获诺奖，两年后前者自戕身亡，时年45岁。川端对三岛的死是很内疚的，或许觉得获奖的应该是三岛而不是他，这种内疚郁结于心，沉甸甸的，终于压垮了他，一年半后川端康成开煤气自杀。后来更有猛料爆出，说三岛曾追求富家美女美智子，被婉拒后一直情绪低落。美智子就是当今日本皇后。

幻灭的故事

我国最优秀的古典小说是《红楼梦》，在译介同样优秀的外国文学作品时，为了让读者尽快明白该作品在本国受欢迎的程度，编辑有时会用比喻，比方说《源氏物语》是日本的《红楼梦》等等。在遥远的巴西，也有一本巴西的《红楼梦》，那就是马查多·德·阿西斯（Machado de Assis，1839-1908）的《幻灭三部曲》。三部曲由三部小说组成，《布拉斯·库巴斯的死后回忆》、《金卡斯·波尔巴》和《堂卡斯穆罗》。作家在19世纪就采用了死后回忆的文学手法，故事编排得有声有色，其中以《堂卡斯穆罗》最为精彩，被誉为葡语文学的经典。

阿西斯除了创作这部巨著，他一生最引为骄傲的是迎娶了葡萄牙姑娘卡罗琳娜。他出身土著，没受过正规教育，且个头矮小，远远谈不上英俊潇洒，而卡罗琳娜不仅是正宗的葡国女郎，个头高挑，还年长他5岁。这段婚姻始终未得到女方家的祝福，但两人始终恩爱如初，在宁静中过了35年，1904年卡罗琳娜因病去世，阿西斯不忍孤独，没过多久也撒手人寰。

想到这部小说，不免会想起一件事。我父亲是个真性情的人，生前任职于一个文化单位，叫什么局，这局可以理解为厅局的局，也可以理解为设局的局，里面挺乱的。有局就有局长，时任局长大人爱不爱钱大家看不见，那是暗地里的事，大家能看见的是，他像许多其他局长一样爱女人，但凡有点姿色的都在他的视野里，专车里避孕套充足，就像那首歌唱的，时刻准备好，听我集结号。五个女人被老百姓戏称为五朵金花，分别安排在五个科级干部的位置上。所谓道不同不相为谋，父亲曾讽刺他没见识，连茅台和马尿都分不清，找只茅台酒瓶装满马尿塞给他，他照样喝。父亲与局长的关系很僵，乃至父亲去世时，局长拒绝参加追悼仪式，请不动。

后来局长因索贿败露，惶惶然四处潜逃，他逃哪儿去了呢？逃到了首都北京。这不算稀罕，逃北京的地方官员多了，官员逃到官多的地方，就像乌贼入大海，有安全感。稀罕的是他居然认识了《幻灭三部曲》的译者之一！原来他到北京后四处打探逃亡海外的途径，美国碰钉子，欧洲碰钉子，就想到了南美，辗转认识了精通葡语的译者。译者听说是桂林来的，当然有好感，他的译著就是在桂林出版的呀，于是热情帮他联系巴西使馆。使馆听说是桂林来的，也挺高兴呀，毕竟祖国的文学瑰宝是在桂林第一次以中文面世的。不过使馆提了个条件，说《幻灭三部曲》中文本头版印制不够漂亮，能不能请局长帮忙联系出版社，再做少量布面精装本？

局长一听就答应了，在那座南方小城市，他的能量蛮大的，这点小事应该不成问题，哪怕就是由他出资，他也愿意。可是当他知道《幻灭三部曲》的责任编辑是我，忽然明白了命运的残酷，内心挣扎了很久，始终没勇气前来联系。这一切都是译者后来告诉我的。局长后来自然没拿到签证，再后来被缉拿归案判刑入狱，放出来时头发全白了，如果你看见白发苍苍的他在路上蹒跚行走，还会觉得他蛮慈祥的。他大概不会想到，他的梦想的幻灭，与一部叫《幻灭三部曲》的小说多少有点关系。

迪丽娅

世界杯期间葡萄牙作家萨拉马戈去世了，萨氏是惟一一位获得诺贝尔奖的葡萄牙语作家，为此葡萄牙队球员全体臂缠黑纱进行训练，情景十分动人，葡国人对本民族灵魂人物的热爱与尊重可见一斑。说到西葡语系的文学，自然少不了阿根廷作家博尔赫斯，一般说起博氏，都会说他那些魔幻小说和诗歌，我宁可说玛丽亚·儿玉。

儿玉是个日裔阿根廷女子，从小喜欢诗歌。1957年夏天，12岁的儿玉在布宜诺斯艾利斯碰上了一位诗人，他当即为她朗诵了一首诗，这位诗人就是博尔赫斯，当时他已经年过50。30多年后他们再次相遇，在瑞士结婚。博氏从来没到过中国，但对东方文化非常憧憬，曾经写过诗集《梦虎》，诗中的梦想，当然与儿玉有关。据说他20世纪60年代初就想好了几首献给儿玉的情诗，一直藏在心里，直到80年代再次遇见她，才口授出来，让她记录整理。博氏后来死在日内瓦，死在儿玉的怀里。这是博尔赫斯写的一首爱情诗《迪丽娅》片断：

“我们在第11街的拐角说再见。在另外一侧的人行道上，我回过头；你也回过头，朝我挥挥手。一条车辆和行人的河，在你我

列侬与大野洋子

之间流动。那是一个普通下午的5点钟。我如何能知道，那条河就是冥河，黯淡而不可逾越的冥河？迪丽娅，有朝一日，你我还会继续这次无常的对话——在哪条河边？我们会在原野上一座湮灭的城市里，相互询问对方可是博尔赫斯和迪丽娅？”（笔者译自《梦虎》）

日本女人除了滋养过博尔赫斯，还给约翰·列侬提供过灵感。大野洋子是列侬的老婆，据说1966年，列侬与她首次相遇，是在伦敦一个开幕画展上，当时大野洋子也有作品参展，列侬先是喜欢上了作品，后来又喜欢上了女画家。后人都把甲壳虫乐队的解体，归结为大野洋子的介入，但客观说来，列侬因为认识了她，音乐风格有了很大变化，由原来的追求行云流水，变得更快捷，更富于张力，同时给自己的作品，注入了更接近现实的内容，列侬本人也因此成了一名反战分子。

1980年12月8日，列侬在纽约遇上一位歌迷，这种事很平常，他像往常一样微笑着给他签名，可对方却朝他连开五枪，列侬当即身亡。凶手查普曼并没有逃离，他掏出一本小说读了起来，一边读，一边等待警察，那本小说名叫《麦田守望者》(The Catcher in the Rye, 国内有施咸荣先生译本)，是塞林格的代表作，美国叛逆青年的必读小说。列侬死后，大野洋子继续作画。列侬曾戏称她为“世界上最不为人知的知名画家”，如今她依然是“世界上最不为人知的知名画家”，世人只知道她是列侬夫人。

月华无边

20岁前后往往是人生的苍茫时刻，我也一样，那时忽然很想看佛学书籍，就写信向丰子恺先生的女儿丰一吟求教，丰女士把我介绍给朱幼兰（1909-1990）。朱先生是“民国”富二代，其父朱葆三为民国上海金融界巨擘，辛亥革命时期出任上海都督府财政总长，如今黄浦区邻近人民广场的溪口路，新中国成立前叫朱葆三路，是专为纪念他而命名的。朱幼兰家境良好，却无当今富二代恶习，17岁开始读佛经，后皈依印光大师成为佛界名士，曾任上海佛教协会副会长，与丰子恺合作《护生画集》第四集，丰作画，朱题字。

我与朱先生通过几次信，他称我为居士。所谓居士，就是不出家，居家修行的人士，我那时清心阅读，也算是一种修行吧。丰先生是我父亲的老师，丰先生的老师是弘一法师。我向朱先生借阅了一些佛学书籍，都是市面上见不着的，其中有一部弘公《晚晴集》，“民国”版的。说实话，以我彼时的阅历和定力，想读懂里面的偈语还早了点，但佛教讲究的是通性，心到了，总会渐渐悟到。我每看完一本，就在里面盖上自己的印章，再寄还朱先生。至今记得弘公遗言：君子之交，其淡如水。执象而求，咫尺千里。问余何适，廓尔忘言。华枝春满，天心月圆。

弘公对佛教的最大贡献，是给这门宗教注入了积极的东西。世人常把皈依佛门视为看破红尘，对人生万念俱灰，没路走了才信佛，总有一种挥之不去的悲凉，佛门似乎成了落难者的收容所，听说谁做尼姑或和尚了，那一定是遭遇了人生之大不幸。弘公不一样，他39岁出家前，也曾走马章台浪漫到极致，于音乐、美术、戏剧、诗词、书法等都表现佼佼，堪称一代宗师。他最终选择皈依佛教，固然是宗教力量使然，但也表现出他舍身饲虎的决绝，也正因为有这分决绝，弘公才赢得佛家尊崇，成就了圆满的生命之月。

弘公的佛学观，让人想到马丁·路德对基督教的改良。基督教曾一度走入深奥晦涩的路径，神甫宣讲的内容距凡人的内心迢迢遥远，路德由圣经引出许多新理解，从而把基督教从沉沦边缘挽救过来。佛学也一样，尤其五四后渐陷萎靡，遭受新文化运动强烈冲击，弘公身为新文化先驱，来一个华丽转身，归隐山林潜心学佛，对当时社会的震撼可想而知。世上许多事业，是因实施者的品德而升华的，如果说弘公对普世有感召力，那感召更多的来源于他的品格。

《护生画集》的内容是放生、怜惜花鸟虫鱼等，表达慈悲向善的情怀。画集缘起于1929年弘公50华诞，丰子恺画50幅护生漫画祝寿，1939年又画了第二集60幅。后弘公致信丰氏："朽人七十岁时，请仁者作护生画第三集，共七十幅；八十岁时，作第四集，共八十幅，九十岁时，作第五集，共九十幅，百岁时，作第六集，共百幅。护生画集功德于此圆满。"丰氏一直谨记弘公嘱托，经努力

三、四、五集分别在香港和新加坡出版，更在去世前奋力提前完成第六集画稿百幅，交朱幼兰保藏，20世纪70年代末缝棉衣里分批送星岛出版。如今朱先生已过世多年，市面上流传的全套六册画集，当为对这段佛门善事的最好纪念。

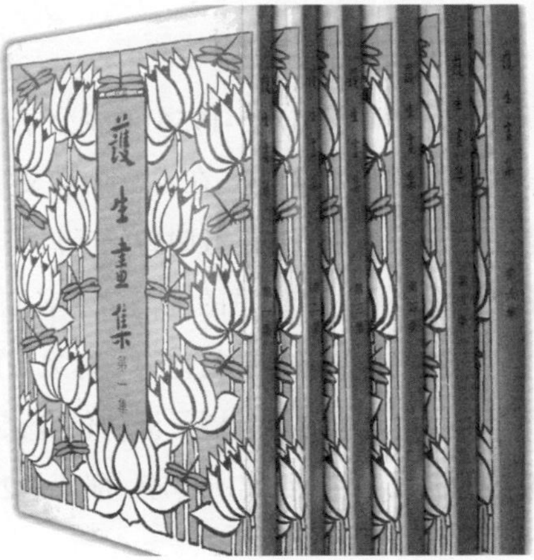

《护生画集》六本

足迹与手迹

曾提到国学大师杨树达(1885-1956)的少公子杨德庆先生杨老，与我是忘年交。杨树达字遇夫，在古汉语和文字学研究方面有很高的造诣，早年在第一师范任教时曾给毛泽东上过课，晚年与毛依然有书信往来，是德高望重的现代学术名流，生前的待遇还不错。杨家是长沙望族，杨老排行老八，有父亲的荫庇，少年时代生活得很惬意，说起岳麓山、橘子洲仿佛自家后花园，曾倡导天体运动裸泳于湘江，后被派出所传唤，那还是20世纪50年代的事。

我认识杨老时，他已60多岁，谈起外国文学翻译马上来了兴致，自然说起了李青崖，楚图南等人，李与遇夫先生是至交，翻译过《包法利夫人》《三个火枪手》等；楚是云南人，遇夫先生的外甥女婿，也即杨老的姑姐夫，翻译过《草叶集》《查拉斯图拉如是说》等；杨老的另一个姑姐夫穆木天是象征派诗人，译过巴尔扎克的不少小说；其四兄杨德豫也十分了得，1996年因翻译《湖畔诗魂》获得首届鲁迅文学奖彩虹奖，这是专门为优秀译著设立的国家最高奖。这一大家子人都与文学有缘。

名门望族在20世纪后半叶的遭遇，有时不是平民百姓可以想象的。遇夫先生1956年去世后，杨家的好日子结束了，在随后开展的反右运动中，六兄弟中划出一个特嫌三个右派，吃了不少苦头，连两个女婿也没跑掉，成了右派反革命。大女婿自杀身亡，二女婿周铁铮是遇夫先生的入室弟子，境况最为悲惨，因半身不遂掉落床下死于煤火。

抗战期间沈兼士蓄须明志，从北平到重庆与胞兄沈尹默合影

遇夫先生的学问太高深，我们一般人是不熟悉的，不过我知道他后期的研究方向主要是文字学。我祖上有位前辈也研究语言文字学，叫沈兼士（1887-1947），今人对这个名字有点陌生，但说到他二哥大书法家沈尹默，知道的人可能会多些。查看沈兼士的足迹，可以知道他早年与鲁迅一道从章炳麟问学，两人结下兄弟情谊，鲁迅去世后，原配朱安的生活费常由沈出面筹集，有时筹款未到沈就先行垫付。

辛亥革命后沈兼士主持故宫文献馆的研究，有一阵时局混乱，几千麻袋明清文档面临被贱卖被化浆，均由他主持收回整理归档，后归属由他创办的北京大学研究所国学门。沈是研究训诂学的，即如何理解古文的文字含义，他提出汉字有两个起源，一是语言，二是绘画，书画同源的见解如今已得到普遍认同。

沈兼士与遇夫先生是同时代人，也是同道。一次去长沙看杨老，他说拿一件东西给我看看，还说这些东西保存下来本来就不容易，居然被一位移居香港的中学同学骗走了一箱！他给我看的是一页泛黄的棉纸信笺，上面的字迹很陌生，但又有点熟识。原来那是“民国”三十二年（1943年）抗战期间，沈兼士化妆潜出北平，历经艰险抵达重庆，写给遇夫先生的手书一封，信中表达了乱世流徙的感慨和对老友的挂念。叔太公去世时我还没出生，不想半个多世纪过去，我见到了先辈的手迹。

泰翁与季老

季羡林先生去世后，其子季承写了不少回忆父亲的文章，一时成为社会关注的焦点，说好的有，说不好的也有。我十几年前做过一套泰戈尔文集，收录了泰翁的诗歌、长篇小说、短篇小说集、文论和传记，各做一卷，后来想到漓江社早年出过一本书，是印度女作家黛维夫人撰写的《泰戈尔谈话录》，这本书用散记的形式，描写泰戈尔四次造访作者父亲的情形，也算是泰翁别传之一种，收入文集也是合适的。

我把书找出来，发现译者是季羡林季老。当时有点纳闷，季老是东方学大师，潜心研究博大深邃的古印度文化，译《罗摩衍那》还译不过来呢，怎么会有时间译这样一本小书？细读序言才知道，原来黛维夫人的父亲是泰翁的朋友，黛维夫人本人是季老的朋友，这本书是作者专门请季老翻译的，有这样一段渊源，这本书当然也就有点意思。于是我给季老写了一封信，表示想把这本书收进文集，同时说明两点，第一考虑到文集名已经有泰戈尔三个字，建议把《泰戈尔谈话录》改名为《炉边谈话录》，第二考虑到译本原来出版过，虽然改名做新书出版，但稿费标准会稍微低一点，望季老谅解。

我做过不少书，接触的作者译者也不少，坦率地说，什么人都见过，有端架子的，有摆名士派头的，有出书前恭顺出书后不理人的，还有深更半夜打电话的呢。一个女作者被退稿了，凌晨五点来电话发牢骚，说自己写本书多么不容易，说了十来分钟，提醒她现在是凌晨，她说哦，对不起，我忘了，我在加拿大。一个译者要求出书时，把自己的照片跟作家照放一起，都放封三，被拒绝后恼羞成怒，写封邮件把我一顿臭骂。

还有一个本地大学女老师更逗，她直接威胁我，说如果不出她的译作，就把我们领导做的丑事公诸于世，我当时有点纳闷，把我们领导做的丑事公诸于世，关我什么事呀，我还以为她要把我做的丑事公诸于世呢。说实话，我们领导做了什么丑事，我也挺关心的，也很想知道，但等到后来，也没见什么惊天动地的丑事被公诸于世。

我发现有这样的规律，越是有学问的人，态度越平和，沟通也越容易，书出成也好，没出成也罢，都是朋友，因为出书结识了中国社会科学院属下各个研究所的不少专家学者，文学所、哲学所、外文所、历史所、宗教所的都有，季羡林曾任南亚研究所所长。闲话不多说了，还是说回季老吧。季老很快就回了信，当中最重要的句子是这句："稿费标准，我同意，改书名，也可以。"字迹清晰有力，同时寄回了签字盖章的出版合同，真是够爽快的。那年季老84岁。

季羡林与夫人

琴弦上的风

说到德语文学翻译，我会想到钱春绮（1921-2010）。有一年大夏天，我去上海拜访几位老译家，相约在富民路吴钧陶先生家见面。不一会儿，来了一位穿汗衫的老先生，一手拿着一把扇子，一边摇就一边走了进来。吴先生介绍说，这就是钱先生。通常来说上海的文化人都是比较平和的，不似北京文化人那么咄咄逼人，但平和不等于谦卑，平和实际上是一种底线，在这底线下面有着异乎寻常的坚忍，而这种坚忍北方人有时没有。

钱老笑眯眯地坐下来，也不谈翻译，谈起了上海的高架桥，说高架桥把老上海的情调都破坏了。说起来可能会惊奇，钱老原来是医学院毕业的正宗医生，后来想换科室不果，索性弃医从文，辞职专心做起了文学翻译，那还是20世纪60年代的事，中间遭遇“文革”乱世，基本上没收入，有过很艰难的时光。不过他是很达观的，说起往事就摇摇扇子，似乎往事是一阵风，扇扇就过去了。钱老主译德语文学，译过歌德、海涅、里尔克、施多姆等大家，但我印象最深的是钱先生译的尼采诗歌。

大家都知道尼采是哲学家，而且是冷冰冰的悲观主义哲学家，有多冷呢，漓江社曾经出过一套尼采文集，是请社科院哲学

钱春绮译《席勒诗选》封面

所的几位专家译的，其中一位学者在翻译过程中，不堪其冷坠楼自尽。但这只是尼采的一面，尼采还有另一面，他曾热烈追求过一个俄罗斯女子莎乐美，这女子容貌秀丽，热情奔放，是一位特立独行的贵族女性，认为性就像面包和空气一样，是日常生活的必需。她身边不乏名声显赫的爱慕者，如弗洛伊德、里尔克等等，面对这样惨烈的竞争格局，天性羞涩的尼采自然不占上风，只能把自己的爱变成诗歌。把尼采这多情的一面介绍给我们的，就是钱先生。

“是秋天了：它——还使你心伤/飞去吧，飞去吧/太阳悄悄地爬山/爬着，爬着/每一步都要休息/世界变得何等萧条/在张得疲倦的弦上/风奏着它的歌/希望逃跑了——/风在追悼它。”（钱春绮译，摘自《尼采诗选》漓江版）读过尼采的人，都会记得他的名言：“你到女人那里去吗？不要忘记带上你的鞭子！”怎会相信他还会有如此柔情的一面？其实尼采描述女人的冷酷言语，正是爱而不得的一种反应，爱情伤害了他，同时把他造就成了哲学家。这是内地第一次系统介绍尼采诗歌。

再说说莎乐美，她在拒绝了尼采的求婚后，担心这位哲学家会寻短见，曾专门联系心理医生陪护他，帮他度过失恋的苦痛期，也算得上是有情有义，2007年出品的电影《当尼采哭泣》讲述的就是这个故事。莎乐美后来与比自己小14岁的里尔克同居，教会他掌握了俄文，直接阅读托尔斯泰和普希金，这对里尔克思想的形成有很大作用。思想与遭遇是密切相关的，尼采的诗歌有激情，有悲伤，展现了他人生的另一面，也是我比较喜欢的一面，仅就这一点，我们要感谢钱先生。

沪上闲云钱先生

沪上高人多，闲云与野鹤。我曾写过德语翻译家钱春绮先生，这次要写另一个钱先生钱谷融（1919- ）。我的藏书不多，当中有几本钱谷融先生的著作，如《艺术·人·真诚》《中国当代大学者对话录·钱谷融卷》《闲斋书简》《闲斋忆旧》等，都是钱先生的签名本。钱先生对中国当代文学最大的贡献，要数1957年在《文艺月报》上公开的文学观，一句“文学即人学”，成为20世纪50年代最响亮的人道主义呐喊。这观点如今并不稀罕，但在那个以政治斗争为中心的年代，敢把人的价值与命运视为文学的核心，是需要一点勇气的。当然为了这声呐喊，钱先生长期被打压，做了30多年讲师，他自嘲是华师大资格最老的讲师。

好在钱先生宠辱不惊，不屑与人争胜，对外界也不抱企求，未被这种打压伤到筋骨。他上大学时喜欢泡茶馆，边喝茶边读书，等到自己带博士生，也喜欢边喝茶边授课。这种看似散淡的方式，追求的是化繁为简的境界，落到文学作品上，经得住品味的就剩下不多了。品书如品茶，极致是淡雅，他对文学是很挑剔的，尤其对中国现代文学，认为成就不大，“周氏兄弟——鲁迅、周作人是不错的，其他好的不多。鲁迅作品中《野草》《朝花夕拾》是相当不错的，短篇《孔乙己》这些也都不错。徐志摩、戴望舒有几首诗也是好的，闻一多也有几首好诗，一个诗人有几首好诗已经不错了。”

钱先生对文学苛刻，对人却很宽容，有名的例子可举女作家戴厚英，戴是钱的学生，曾在“文革”批判会上直呼其名斥责钱，但钱不以为忤，以宽厚之心待之，若干年后还为戴的职称签名力荐，令戴深为愧疚。有人称赞他带出来的学生好厉害，出了好多当下知名的学者评论家，他说“应该倒过来说，是这些名徒把我抬高了。”说到钱先生的淡泊，可以藏书为例，他曾将几千册藏书分给弟子，有人觉得可惜，他说书能落到爱书人的手里，那是书的幸运。钱先生与夫人杨霞华是姐弟恋，这份姻缘如坚硬的壳，庇护两人度过几十年晦暗岁月，如钱夫人所说，钱谷融去哪，我就去哪好了。钱夫人也是华师大教授，教英文的。

我与钱先生素未谋面，也没编过他的书，只有书信往来，缘起于20世纪90年代中期《上海文学》杂志举办的一次短篇小说评奖，当时我的小说《美国》入围，钱先生是评委之一，他很称赞那篇小说，称“我并不认识小说作者，很惊奇有这样的作者”云云。这是我事后从钱先生的博士生万燕小姐那里得知的。后来我去信表达谢意，也没预想先生会回复，我不过初写小说，先生是评论界泰斗，见过的作者何止千万。不想很快就接获先生手书，再后来开始有书信往来，于是有了前述的那些签名本。

钱谷融先生

忆沙田

香港中文大学设有翻译系，专门讲授翻译理论，尤其重视文学翻译的研究，这在其他大学是少见的。中大位于沙田海边，校舍修在山坡上，从大学站下车进校，要上一段绕行的坡路，熟路的搭校车一会就上去了，要么登台阶上电梯走捷径，也挺快，不熟悉的只好沿汽车道蜿蜒步行，好在路边有茶花陪伴。我属于后者。那年春天我去该校讲译文出版，在那儿见到不少海外译界大家，如高克毅、蔡思果、余光中等，如今高、蔡均已作古，惟余先生依旧笔耕不辍。

余先生在那次会上的发言，题目叫《论的的不休》，大意说五四后的白话文创作“的”字太多，并举何其芳的散文做例子，说明“的”字太多的文章过于啰唆。“我对三十年代作家一直不很佩服，这种芜杂文体是一大原因。”他又举出朱光潜和钱钟书，说他们西学功底虽然深厚，文笔却不西化，句子虽然长大，文意却条理清畅，主客井然，不似何其芳那么西化失控。西化失控是他的发明，指的大概是扭捏造作的中文句子。这种观点在海外学者中很有代表性，是对白话文过于松散无序的婉转批评。

至于什么是好的译文，余先生引王佐良译培根小品文《论读

余光中

书》做范例，说400年前培根的文字，句法精短，言简意赅，有老吏断案之风，这样的文字用白话文译，十九难工，只有以古译古，用文言文翻译，才能摆脱“的”字的困局。王佐良的译文是：“读书足以怡情，足以傅彩，足以长才。其怡情也，最见于独处幽居之时；其傅彩也，最见于高谈阔论之中；其长才也，最见于处事判事之际。练达之士虽能分别处理细事或一一判别枝节，然纵观统筹，全局策划，则舍好学深思者莫属。”雅译如此，非王先生莫属。

余光中认为王译有严复之风，并进而指出，用“汉以前的字法、句法”翻译西方近代经典，是古雅的出路。当然余先生首先是诗人，翻译属副业，他吟咏的题材宽广博大，除了历史、爱情，也涉及现实社会，彼时台海局势一度紧张，他家住高雄，窗外的海疆是军演场所，为此他也曾赋诗反战，呼吁两岸和平。最近台湾选情热烈，余先生也不甘寂寞，写诗称赞某夫人做派谦恭，为人平和，虽未点名是谁，但读者一看便知道，说的是周美青。

知名的作家必然有知名的代表作，余光中这个名字是跟《乡愁》连在一起的：“乡愁是一湾浅浅的海峡/我在这头/大陆在那头。”短短几句赢得粉丝无数。余先生个子不高，满头白发，戴一副浅色框架的眼镜，脸上时常挂着笑，那次沙田开会期间，他周围全是年轻的女拥趸，有男读者想找他签名都近身不得。一次他被一群女粉丝簇拥着走进电梯，我刚好在电梯里，我在这头，他在那头，中间隔着温香软玉，还有一圈乌发如云的头。

高人的力道

高克毅

说起翻译家，我曾担心长居国内者外文不够敏锐，而侨居海外者国学欠扎实，不过前辈译家的故事告诉我，这种担忧是多余的。先说前者，杨绛自学西班牙文，译出《堂吉诃德》，丰子恺从未留俄，却把屠格涅夫的《猎人笔记》译得如诗如画，林纾连外文都不懂，还译了十几部小说呢，至于那些在书斋里通晓拉丁文、希腊文和梵文的天才，就不说了，这多少印证了乔志高（George Kao，1912-2008）的说法，一个人外语不够好还可以补救，若母语不好，是成不了翻译家的。至于后者，恰好可以举乔志高做例子。

乔志高不姓乔，姓高，叫高克毅，因为取了个英文名，通常都叫他乔志高，这也是他翻译用的笔名。高氏的父亲是庚子赔款资助的留学生，他生于美国，青年时期回燕大读书，以后在上海、旧金山、纽约、香港都生活过。如许多四处游走的海外华人，高先生的见识是不用说的，语言表达也属一流，写过许多双语比较的小品文字，俏皮中深藏对人生的参透，平和而略带一丝怅然与忧伤，《美语录》系列是他的代表作，据高先生自己说，是“几十年来在美国看报、看杂志、读小说和非小说、听广播、看舞台剧、看电影、电视，最重要的还是竖起耳朵来听人家说话，所作的札记”。

一个优秀的翻译家，如果不同时也是一位作家，是不可思议的。高先生解说英文的方式，展现出在双语间来去自如的才华，他喜欢把自己放进语境娓娓道来，比如有一年他去波士顿参加舞会，遇到一位漂亮的华裔姑娘，想打听对方芳名。姑娘一边跳一边要他猜。名字如何猜？他只能摇头。姑娘给他提示，说你读过朗费罗的哪首哪首诗吗？他摇头。她又说：“你没有听说过那句话，Why don’t you speak for yourself, John?（你怎么不为自己表白，约翰？）”见他依然不懂，姑娘只好把名字告诉他，不过兴致减掉了大半。

原来她的名字出自朗费罗的诗歌《史丹迪士求婚记》，说的是士兵史丹迪士爱上美女普莉西拉，胆怯不敢示爱，请牧师约翰转达，结果美女看上了英俊的牧师，反问“你怎么不为自己表白？”这句话家喻户晓，只要受过良好教育都会知道。姑娘是用这种方式检测对方的教育程度呢，结果那时候乔志高刚到美国不久，没能对答上来，没猜到芳名，自然也没能赢得芳心。高人发力，四两千斤，高先生这样解说，你只能承认高，实在高，有故事，有学问，还用心。

我与乔志高有一面之缘，20世纪90年代中在香港中大听他讲翻译，他那时已经80多了，相貌有点像晚年的刘海粟，说话舒缓有度，一副绅士派头。那次他没讲谈恋爱故事，讲的是狄更斯小说《大卫·科波菲尔》译本的比较，选了林纾、董秋斯、张谷若、蔡思果四人的译本，比较书名、章节名、人物名的译法，又举当中若干段落，看各家译本之异同，说者轻巧随意，听者偶有启发。You can take me out of China，but you can never take China out of me.（你可以带我离开中国，但不可以让中国离开我。）这句话如果是别人说的，听上去有点煽情，但出自乔志高之口，则未免沧桑。

德庆先生与史蒂文生

史蒂文生漫画

长沙有个翻译家叫杨德豫，译过拜伦、华兹华斯和柯勒律治等古典主义诗人的诗作，我更熟悉的是他的弟弟杨德庆，杨氏兄弟的父亲乃近代国学大师杨树达。德庆先生在杨家排行第八，也是翻译家，我约他译史蒂文生的小说，包括《金银岛》《诱拐》等，有过一段来往，后来成了忘年交。老先生译书有自己的特点，第一喜欢加很长的注，比如译文中出现凯尔特人，他就加个注，从古凯尔特人说到当今的爱尔兰，洋洋洒洒几百字，注解要翻页才排得下。第二喜欢在后记展开鸿篇大论，有篇后记大谈当时的热门话题香港回归，说香港不应该回归，保留一个窗口对大陆更好云云，史蒂文生是英国人，由英国谈到香港也不算跑题。

最有意思的是他的译文风格，受家学熏陶，老先生的文字功底很好，喜欢用半文半白的表达方式，有次跟他商榷，说如今的读者还是更愿意阅读白话文，他的脸色一下就变了，激动地反问，人家史蒂文生的英文也不是如今的英文，我译得太白话，怎能准确反映他那个时代的社会生活？老先生坐过牢，身体不太好，有肺病，有次他来出版社改稿，在桂林过的春节，住在附近一小招待所里，我带一个电暖炉去看他，他蜷缩在被窝里，跟我聊起少年泛舟夜游橘子洲头的往事，虽已年过60，但依然不乏杨家公子的开朗神采，说到曾在湘江裸泳被抓时，像孩子一般笑个不停。

史蒂文生（R. L. Stevenson, 1850-1894）是个文弱书生，肺也不太好，受不了老家苏格兰高地的寒冷，喜欢在地球上温暖的地带游荡，后来定居南太平洋西萨摩亚的海岛，与当地土著相处和睦，死后埋在海岛的山顶上，这是我知道的史蒂文生，我以为史先生的一生就是这样度过的。我错了。旧金山的六月早晚还是蛮凉的，有次Dorothy陪我匆匆走过唐人街的朴次茅斯广场，看见里面立着一块石碑，就凑上去看了一眼，不想看见上面写着史蒂文生纪念碑几个字，当时我大吃一惊，忙问Dorothy是那个写《金银岛》的史蒂文生吗？她说是啊，他的灵感就是从恶魔岛那儿来的。说着指指远处的海湾。

原来，史蒂文生年轻时爱上一位美国女子范妮，范妮比他大10岁，还离过婚，但小史毫不在意，为了与她相会，他曾孤身来到加利福尼亚，与范妮在旧金山住了将近一年，寻租的正是华人聚居的这块高地。从我们所处的位置是看不见大海的，眼前全是摩天高楼，不过小史与爱人在这里逗留时，旧金山还处于拓荒期，他从这里住处的窗口，完全可以望见海湾辽阔的景色，望见海中的那个岛。那是恶魔岛，上面有囚禁犯人的监狱，也曾发生过犯人越狱的事情，他一定听说过，要不怎么回英国不久，就写出了《金银岛》？这块纪念碑是旧金山人对史蒂文生的无言怀念。德庆先生后来去美国转了一圈，回来不久就去世了，不知他有没有去过朴次茅斯广场？

淡如扬之水

出门到一个地方，找不找当地朋友，如今也成了问题。换了古代关山万重，信息来往全靠鸿雁传书，有朋自远方来能见上一面，当然不亦乐乎。如今这时代不一样了，交通有飞机和高速公路不说，信息还有高速公路呢，电话有座机手机，手机有3G，iPhone，互联网上有QQ，MSN，Skype，博客，微博，厉害点的还有人肉搜索，这年头出风头容易藏起来难，做了坏事想藏起来更难。通讯这么发达，出门还找不找朋友呢，所谓相见不如怀念，跟朋友联系吧，对方免不了要接风，而我因为不善酒，是很不喜欢饭局的，尤其不喜欢同胞间死命拼酒的那种饭局，可对方既然说了，又不好回绝，回绝太不近人情，只好硬着头皮答应。

其实朋友也不是都喜欢饭局的，碰上席间无话题，更是尴尬得很，为了不冷场只好不停相互夹菜，你夹给我鸡我夹给你鱼，再说些今天天气真不错之类的过场，把那几小时给过掉。我也不好说别吃饭吧，咱聊聊天，喝点咖啡什么的？一来对方未必情愿，二来我也没这个资格，我何德何能何地位，凭什么要求人家请我喝咖啡？何况饭局有时是大众需要，未必是专为我设的呢。有次去北京，朋友请吃全聚德，呼啦啦一下来了七八号人，朋友酒后对我说，你来了好啊，这下大伙儿下馆子就有理由报销啦！

朋友见面是不是可以换种方式呢？还是在北京，有一年飘柳絮的季节，我站在历史博物馆的台阶上，看见一个女子从北边的拐角，如约款款走过来。她叫赵丽雅，是社科院文学所的专家——说是研究文学，更多的是研究历史，《读书》杂志最早的编辑之一。我要去窗口买票，她说不用。想想也是，人家干的就是这行当，进历史博物馆还不跟进自家书房一样。她领我往历史深处走去，由清走向明，走向元，走向宋。记得当时有个太平天国文物展，路过时她说这些玩意没什么可看的。我问为什么。她不说。

我说你好像只对远古感兴趣。她说当然。我问是不是古代文明比现代更灿烂？她说当然。她说一次去敦煌，坐在暮色中的古董滩，看千佛洞日落月出，那情那景终生难忘。这话我信，我知道她曾专程去广西宁明，看那里的花山壁画。赵丽雅喜欢自己制作小笺，小楷写得清朗秀丽，董桥曾说她是大陆晚辈文化人中，小楷写得最漂亮的，想象她每年寄送的贺卡，必定是诸多友人的藏品。都说林徽因如何如何，林若在世，也未必盖过赵的才情。过了唐，她的步子慢了，走到春秋，她的眼睛亮起来，好像孔孟就在眼前，伸手就能触到老先生的胡须。

她给我讲解四川出土的战国柳叶剑，讲解上面的图饰，我努力听，但记住的很少。我的头脑已经被现代文明塞满了，就像乱糟糟的皮箱，想再装点什么进去，都不知放哪个位置。一位国家级专家陪我看历史，本可以学到多少真东西，可我居然什么问题也没问，混混沌沌走了一遭。出来时广场上空有几只聒噪的老鸦，巨大的圆柱被晚霞映红，她说我要赶回去陪儿子，就不请你吃饭了。我忙说不用真的不用。我一直不能确切理解君子之交淡如水是什么水，现在我明白了，是扬之水。扬之水是诗经中的一句，也是赵丽雅的笔名。

扬之水《诗经名物新证》封面

桃子湖，桃树街

外国文学出版的黄金岁月是20世纪八九十年代，那时刚开放，又未加入国际版权公约，哪本书好看拿来就出，是真正的拿来主义。后来不行了，要出外国作品，得花钱买版权，版税高不说，还经常不知道跟谁谈，因为洋人的版权是很复杂的，所有者有可能是出版社，也有可能是作家本人，或者属于哪家基金会，属于小狗小猫也难说，只要作家在遗嘱里写清楚。于是有那么一段时间，只好去找哪些没版权的作品，按公约的规定，一个作家去世50年后，其作品就成为人类的公共财产了，大家都可以拿来出版。

那段时间整天去查作家的生卒年月，心里甚至有很恶毒的念头，希望作家们都早点死，这样好出他们的书。我找着找着，忽然发现玛格丽特·米切尔死于1949年，已经快满50年啦。米切尔的《飘》，那可是头号畅销书呢，当年《乱世佳人》一上演，费雯丽就迷住了全世界，书的销量随之猛增，美国人几乎人手一册，左手一本圣经，右手一本《飘》，这么好看的书，我当然不会放过。

我想到了长沙女译家黄建人。黄女士出身世家，外公方叔章是湖南名流，当年长沙和平起义的整个方案，就是在桃子湖畔的方家公馆里秘密筹划的，那公馆如今还在，属于省级文物保护单位。想到黄女士，是因为我刚到出版社时读过她译的纳博科夫的《洛丽塔》，那本书曾风靡一时，除了小说本身动人，她的译笔漂亮也是重要因素，当时巴不得自己赶紧老了算了，也好如亨伯特那样，找个小妞爱得死去活来。

米切尔

黄译比较富于激情，有一气呵成的气势，她译书很多，却不戴眼镜，这一点让我很诧异。我认识的译家几乎都戴眼镜，想想看，读原文，翻字典，还要誊写，洋文字又小，每段话都要翻来覆去琢磨好几遍，能不伤眼睛吗？我曾约她译过亨利·米勒的《北回归线》，译稿都完成了，可因为“过多”的性描写，最后没通过审批，为此我感到内疚，请她译《飘》，也是希望做一点补偿。

顺便说说《飘》这个译名。所谓飘，英文是Gone with the Wind，取自英国诗人道森的情诗《希娜拉》，诗中有这样的句子：“我什么都忘了，希娜拉，都随风而去了。”20世纪30年代末傅东华首译该书，取了飘这个名字，译得可谓出神入化，从此深入人心。就信达雅而言，今人译书达有余，雅不够，要是无傅译在前，多半会译成《随风而去》。同样的例子还可以举出《呼啸山庄》，Wuthering这个词也不是没有别的译法，但自从杨苡译成了呼啸，似乎任何别的译法，都无法表达苏格兰高地上那分凄厉与孤绝，后辈译者虽然也有想法，可前辈译得太传神了，撼山易撼老译名难，只好跟着飘，跟着呼啸。

黄译《飘》如期在米切尔逝世50周年面世，封面是一缕飘飞的金发，显示了中国人对斯嘉丽命运的理解。不久译者趁赴美讲学之际，专程前往亚特兰大市桃树街的米切尔故居，将该译本赠送给纪念馆。在该馆陈列的数十种各国译本中，黄译《飘》是惟一的中文本。

米切尔《飘》中文本封面

水碓子的秋天

陈希米怀念史铁生的长篇散文《让“死”活下去》，是读书界新近的话题。这话题让我想起与史铁生的会面。我只见过史先生一次，是在20世纪80年代末的一个秋天。那时我刚进出版社，正是早上八九点的太阳，朝气足得很，自告奋勇去京城组稿，史铁生是最先想到的作家之一。那时他还不算太红，但已形成自己的文学风格，叙述中夹带种种人生感悟。熟知80年代文学的读者都记得，那是一个鱼龙混杂的年代，评论界推崇所谓血性男人和动物凶猛，而史先生的文字避开了喧嚣，如平静的河水在林间流淌。

北京的十月一派朗朗秋意，我先在郎家园换车，去金台西路的人民日报社，由缪俊杰先生安排住下后，直往水碓子东里而去。那地儿离报社挺近的，我没费什么功夫，就在一片住宅楼群中找到了史家，开门的是一位老先生，后来知道是史的父亲。在此之前我与史铁生已有通信联系，见面时并不陌生，他操纵轮椅在屋内活动，显得灵活自如。我们聊了

史铁生

些什么不记得了，只记得他提到那套漓江版诺贝尔奖丛书，问我丛书的规模。他说话声音不高，微笑是常态，偶尔会陷入沉思，这时眼睛会闪过一丝疲惫，不过很快就消失了，重又回归坦荡的笑容。

他说傍晚要去参加一个大使馆的酒会，不陪我了。我问他怎么去，他说自己去。我陪他出门，门外有一级台阶，在老父亲的帮助下，他操纵轮椅熟练挪下台阶，来到平地上，边挪边说一直想修个小坡，小区不同意，正跟小区论理。史的轮椅是有马达的那种，他笑笑说自己身上的马达坏了，出门只好靠它了。说着他摇动马达，似乎一下长了翅膀，出院子后一溜烟就上了马路，还不忘朝我挥挥手，那背影很是潇洒。

后来听说史先生成家了，太太是位女作家，也是他的秘书，为什么这么说呢？有次我收到一封史家地址的来信，信上头一句话就是："我叫陈希米，是史铁生的老婆。"这话让我印象深刻。印象有二，一是自我介绍的方式如此直截了当，仿佛看见一位率性侠女，见面就是一声吆喝，先把你镇住再说。凭这句话我断定她是北方人，后来知道是在北方长大的上海人。二是把自己定位为老婆，也有点惊世骇俗，文化人通常是文雅的，怎么会用这种俗语？那时我还单身，自然不明白这词儿的分量。其实老婆是最有人味儿的称呼，暗含血脉相连的牵挂，相形之下夫人太太爱人配偶伴侣等等，都显得弱了。这份沉甸甸的感觉，在《让"死"活下去》一文中有更淋漓的体现。

史铁生著述甚多，以我有限的阅读，感觉还是写人生感悟的随笔最好，《我与地坛》最干净也最有代表性。他的许多小说片段，独立看也是很好的随笔，他不追求恢弘，而在乎深沉，这一点是其他作家所不及的。史先生去世后，曾有人提议在地坛公园内，给史先生建尊雕像，结果引来众多争论，有赞同的，也有不赞同的。我觉得一切顺其自然为好，史本人一定是不在意的，更何况如今的地坛也热闹了，已不再清静，以史先生的脾性，恐怕更愿意找一处安宁的所在吧。

史铁生《我与地坛》封面，人民文学出版社

父亲的“民国”范儿

《名门之后说名人》，江东著，广西师大版

父亲遗著《名门之后说名人》，作为广西政府参事文史馆员丛书之一种，终于在蛇年春节前由广西师大社精印面世。父亲去世快20年了，我也在朝他的晚年走去，有时会独坐黄昏，体会一位江浙男人流落岭南的心境。想完全体会当然不可能，两代人毕竟经历不一样，只能去感受文化人的那份孤独情怀。父亲是老一代文化人，所谓老一代指的是“民国”时期受的教育，他先后就读浙西临二中和东吴大学，20世纪40年代末完成所有学业，入中南军大做文化教官。他曾有一张戎装照，左胸插钢笔右腰别手枪，神似北伐时期的郭沫若。

因为受的是民国教育，父亲骨子里有一种民国范儿，那是真正的民国范儿，不是演出来的。记得父亲描述过老家的天井，说天井里种着玉兰花，遇上落雨时节，一滴一滴的雨水，会飘下来落在广玉兰的花瓣上，练毛笔字练累了，就趴在窗前看雨。只有住带自家院落的房子，才可以看见雨水飘在玉兰花上，看见蚂蚁排队往云上搬家。他说小时候喜欢在阁楼上看天，爷爷在窗户上贴了玻璃纸，天热的时候，会有蚂蚁排着队，从窗户上走过，好像朝太阳走过去一样，他就仰头看它们在云上爬，爬过一朵云，再爬另一朵。

江东先生在义卖活动上挥毫题字

父亲对诗书画印的品鉴，有相当高的造诣，尤其是书法，我更是望尘莫及。说实话我练过书法，专临赵孟頫，可一来天分不够，二来遇上电脑时代，键盘替换了笔，无暇去揣摩字形结构，要想学会并超越前人非常难。就像在欧美，因为打字机的普及，一般人的字迹都不好看，我早年与洋人交往时发现，文章写得漂漂亮亮，可临时要留个地址什么的，那几行字真是不敢恭维，当然也有写得好的，曾与一美国女孩通信数年，人漂亮字也漂亮，她写的是那种微斜的草体，典雅而飘逸，有时想象她每次写信，一定都手握鹅毛笔。

父亲一贯认为文学的最高境界是诗词与赋，那些精致讲究的五言七言绝句，或铺排灿烂的歌赋吟咏，深藏着作者的政治抱负和人文情怀，值得慢慢品味，相比之下小说就很底层了，属说唱一类，不登大雅之堂。他对小说是很鄙夷的，尤其看不起现代小说，进而对现代文学也不以为然，从来不读巴老曹，听说我写小说，他面露不屑，后由旁人嘴里知道，我的小说在《人民文学》上发表，神色这才有所缓和，要我拿给他看看，只是那时他已病入膏肓，没有余力评点了。

父亲对我没能继承家族的文化血脉，一定是不满意的。我也曾努力过，可生活在孔家店轰然倒塌的时代，最终还是阴差阳错，把时间精力交付给了蝌蚪文。学蝌蚪文挺辛苦的，不但未能形成远大抱负，连眼睛也近视了，我像成千上万孔武不足斯文有余的中国男人一样，早早戴上了眼镜，看得清近处看不清远处，看得懂外文看不懂古文。有时候我看着父亲的遗墨，看着那些苍凉遒劲的书法，会心生彷徨，纳闷自己是不是迷路了，犹如逆水的蝌蚪在河水中挣扎，不过这彷徨也是瞬间，蝌蚪虽小，对潮流的走向还是清楚的。

灯下读

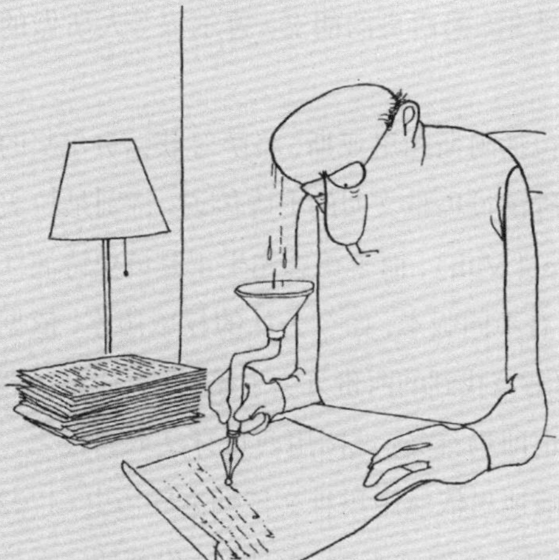

玉米人

如今大家都知道中国作家喜欢拉美文学，喜欢马尔克斯、博尔赫斯、略萨，那么马尔克斯们的魔幻灵感又从何而来呢？我想起了今年春天去世的北外西班牙语教授李德恩先生（1930-2012），想起与李先生的交往，不禁感怀生命的无常。李先生是西班牙语大译家，对拉美文学了如指掌，尤其推崇危地马拉作家阿斯图里亚斯的《玉米人》，认为拉美文学的所谓“爆炸”，是厚积薄发的结果，这当中包含了老一代作家如尼加拉瓜的达里奥、古巴的卡彭铁尔、墨西哥的胡安·鲁尔福等人所做的艰苦探索。

原来马尔克斯们，包括阿斯图里亚斯、略萨等获诺贝尔奖的拉美当代作家，都认真研读过玛雅文明的史诗传说，特别是拉美神话《波波尔·乌》（Popol Vuh），而李德恩先生正是该史诗漓江版译者。《波波尔·乌》有不同版本，如今公认的权威版本，依据的是一份在危地马拉图书馆找到的西班牙文手稿。西人征服美洲后，禁止使用当地文字也即玛雅文，试图用西班牙文取而代之，但印第安人并不屈服，暗地里依然用玛雅文传抄本族历史。1702年西班牙神父希梅内斯在一个偏远小镇，发现了一份基切文手抄本《波波尔·乌》，按照指令是应该烧掉的，但他非但没烧，反而偷偷译成西班牙文藏在图书馆里，过了150多年被后人发现公之于世。

古印第安人图案：玉米人

《波波尔·乌》主要讲述玛雅民族史，由天地混沌到狩猎农耕，穿插大量神话传说，话说“众神首先创造了动物，但动物不会说话，后又用泥巴捏人，这些泥人会说话，却没有思想，头不会动，脸歪向一边，遇水就变成了一摊泥。众神又用木头造人，这些木头人会说话，有子孙后代，但没有血液，容易干裂，况且炊具和家畜都反对他们，最后一场狂风骤雨把他们摧毁，幸存的木头人逃到山上成了猿猴。众神又重新计议，用玉米创造了人。这些玉米人走遍万水千山，有智慧，懂得宇宙的奥秘，知道对众神感恩。”（李德恩文）

这就是玉米人的由来。阿斯图里亚斯的小说《玉米人》，写的是种玉米的印第安人，同时又暗示这些人是神用玉米做成的，将神话与现实巧妙融合，遂成魔幻现实主义巅峰之作。神教印第安人种玉米，本来是为了给他们果腹生存，可有人后来种玉米拿来卖，这就亵渎了神的旨意，导致人类社会日后出现种种曲折复杂的局面，用欧洲哲学家的话说就是财富分配不公平。玛雅人很早就用简练的语言，把事情的来龙去脉说得清清楚楚，不怪天地鬼神，只怪人有私心，因此李先生认为《波波尔·乌》是“拉美的灵魂”。

拉美作家笔下通常都有露骨的性描写。李先生曾派驻哥伦比亚，一次在长沙见面时，他跟我谈起哥国见闻，感慨当地风俗奇异民风轻薄，尤其少女的性观念极其开放，谓只要自己喜欢随时可以上床，与严谨的汉文化截然两样，也只有这样的民风，才会养育出如此妖娆的拉美当代文学。马尔克斯是哥伦比亚人的骄傲，他曾说“所有爱情的问题都只能在床上解决”，这话听着夸张，却是哥伦比亚人的心声。你种玉米，我种高粱，也是一种写法。

阿斯图里亚斯的《玉米人》（中译本）

达里奥看中国

说起拉美文学，通常会想到马尔克斯、略萨、博尔赫斯，如果说还有个作家叫达里奥（Ruben Dario, 1867-1916），大家一定不熟，这也难怪，达里奥20世纪初就去世了，离我们实在很遥远。不过要是我告诉你，他是博尔赫斯们最尊敬的前辈作家，你可能会猜到他的分量。博尔赫斯是很傲气的，历来不把谁放眼里，连诺贝尔奖的评委都不在乎，所以诺贝尔奖也没给他，尽管他的呼声很高，高到超过马尔克斯。博氏很看重达里奥，认为他是拉美现代主义文学的开山鼻祖，自认为是达里奥的传人，如今的评论家也承认，达里奥的现代主义与博氏的神秘主义之间，确实有一脉相承的关系。

要想把达里奥拉近些，不妨看看他写的时评。达里奥是尼加拉瓜人，1894年出任尼国驻巴黎公使，到任不久即遇甲午战争爆发。彼时的国际社会，面对中日两国的冲突，同情心多半在中国一边，日本人吞琉球夺朝鲜打台湾，又将战火直接烧向大陆沿海，实在是欺人太甚。有的西洋人看不过眼，干脆直接加入清军与日军作战，甲午海战阵亡者当中就有不少外籍官兵。达里奥持什么观点呢，他这样写道：

“在这场细眼睛的人们之间爆发的战争中，我有十足的理由站在中国人一边。本来我是对北斋（18世纪日本版画家）的同胞有好感的，如今我的心飞到了李太白的故土。日本人啊，我要告诉你们，为什么我现在是中国迷，为什么我希望他们打赢，尽管我是西人，要是走在北京街上，他们说不定会用石头把我打死……你们也曾经拥有诗情画意，可是这40年来，我们看到的却是你们糟蹋细致营造的精妙艺术，照搬我们庸俗的文明习俗，还戴起了我们的高顶帽，穿上我们的燕尾服，我很高兴地告诉你们，这样一来你们变丑了，变得丑极了！你们配不上东方这个称号了。”（《达里奥短篇小说选》，戴永沪译，漓江出版社，2013年版，下同）

原来达里奥同情中国，是觉得中国保留了更多的东方文明，至少在那个时代是如此。他曾经这样评价中国人：“要说他们有钟表，那也是因为滴答的声音使他们觉得好玩，他们绝对难以理解一个欧洲人会一分一秒数时间，会为浪费几分钟时间而不耐烦。”在达里奥看来，聆听时针滴滴答答的声音，大概是一种诗意。还可以把他拉得更近些，看看他眼中的中国人是什么模样。博尔赫斯也写过与中国有关的故事，但他从未与中国人接触过，基本上靠想象写作，达里奥不一样，他曾应邀与清朝驻法公使裕庚一家共进晚餐，近距离观察过中国人。达里奥这样记叙裕庚一家：

“此公在上流社会交游甚广，英文流利，能言善辩，其妻乃英吉利人氏，其秘书则为意大利人氏，正值义和团围攻外国使馆，祸演惨烈之时，此间却传闻中国使馆发出邀请举办晚会……

裕府的千金中西混血，可谓欧化的扇中美人，小巧玲珑，奇美无双。”文中提及的“扇中美人”，指的是裕庚的两个女儿德龄和容龄。以前读德龄著《清宫二年记》，曾奇怪保守的慈禧，怎么也会喜欢钟表，怎容得这两个小妖女在宫中把玩各种西洋玩意儿，如今始知二女是混血儿，身上淌着洋人的血，太后自然要敬畏三分。

天堂图书馆

博尔赫斯

博尔赫斯的小说氛围是很诡异的，常常有似梦非梦的幻觉，回想起来我与博氏的相遇，也仿佛是冥冥中一场神灵的安排。那是20世纪80年代末，我刚到出版社做编辑，有一天来了一个美国小伙子，提着一台摄像机，说是要跟我聊聊中国当代文学。我不知道他为什么要跟我聊，虽说那时我也写小说，但没什么名气，可能他更看重我的编辑身份吧，可做编辑我也刚入门，有经验的老编辑多的是，真不知道他为什么要跟我聊。聊就聊呗，反正我只代表我自己。

我跟他在镜头前聊了一个多小时，胡说了些什么，自己也记不得，大概也没什么好话，过后就把这事忘了，只记得他临走时说，他看好60年代以后出生的中国作家，心灵自由，没负担。这是他对60后作家的采访，也许将来会有史料价值，原来他还是把我当作家看待的。一个礼拜后的周日下午，我正要出门，被门卫师傅叫住，说是一大早那小伙子又来了，拿了本书来找我，叫我我没应，就把书留下走了，说着递给我一本平装书。我拿过一看，是一本英文版的博尔赫斯诗歌随笔集《梦虎》(Dreamtigers)。

说实话那时我不知道博尔赫斯是谁，看名字像西班牙作家，尽管里面的文字是英文，可是读起来感觉怪怪的，不像美国作家的作品那样流畅。这也难怪，本来就从西班牙语译过来的，况且人家是神秘主义文学风格，那么容易看得懂，还怎么叫神秘主义？那是我第一次接触博尔赫斯这个名字。我与那小伙子素不相识，他为什么会想到送我博尔赫斯？惟一的解释是，可能他看见我的房间里什么也没有，只有书，于是想到了那位布宜诺斯艾利斯图书馆馆长。博氏确实是很爱书的，他常年在图书馆工作，看书看到眼瞎。

博氏曾经说："我一直在暗暗设想，天堂就是图书馆的模样。"又说，"上帝就藏在克莱门蒂诺图书馆40万册藏书中某一卷某一页的某一个字母里，我的父母、我父母的父母都找过那个字母；我自己也找过，把眼睛都找瞎了。"他的眼神不好，但这并不妨碍他通过思考理解世界，或者可以说，失明给了他一个与常人不同的角度理解世界。海伦·凯勒说，假如给她三天光明，她将用足这三天宝贵时光，去领略大地的灿烂。黑暗中的海伦·凯勒可以给世界带来光明，黑暗中的博尔赫斯则告诉我们，思索是生命的另一种体验，是更深刻的体验。

博氏小说融化了拉美民间传说的精髓，小说情节往往不可思议近似魔幻，犹如天地轮回死而复生。读这样的作品，人的思绪会随精巧的文字行进飞跃，犹如自己忽然身怀绝技，在灵魂的天地间破壁穿行，零距离洞察人性的善与恶。神秘主义文学是唯心的，唯有心存在，世界才存在。博氏不写长篇小说，说长篇小说是"愚蠢文字的堆积"，他擅长的文学形式是短篇小说、随笔和诗歌，当中数随笔最漂亮。不过世人还是愿意把他当作小说家，与莫泊桑、契诃夫、爱伦·坡、曼斯菲尔德同属一流短篇小说大师。

恨屋及乌

要说诺贝尔文学奖没有政治倾向，那是不公允的，是人就有倾向，哪怕那倾向藏得相当深，更何况文学本身就与政治息息相关。客观说，斯堪的纳维亚的那帮评委，还是比较同情左翼作家的。以拉美文学为例，左翼作家如危地马拉小说家阿斯图里亚斯，哥伦比亚小说家马尔克斯，智利诗人聂鲁达和墨西哥诗人帕斯，在20世纪都先后得了奖，而相对右翼的秘鲁小说家略萨，直到2011年才获奖，至于未获奖的拉美大师，则首推阿根廷人博尔赫斯。

博氏为什么一直没获奖呢？当然不是因为作品不够好，相反他的小说随笔从20世纪40年代起，就被公认为拉美首屈一指，数十年来几乎囊括所有西班牙语奖项，被誉为一代拉美作家的精神教父。要说对他有争议，这争议显然不是文学而是政治立场。20世纪的拉美国家处于各种社会变革的漩涡中，腥风血雨的年代此起彼伏，博氏祖国阿根廷继承了西班牙人的斗牛血性，不同观点的撞击异常激烈，他本来只是一介书生，在图书馆谋份差事，终日埋首于故纸堆中，可是他不想惹政治，政治却惹上了他。

麻烦来自1946年的总统大选，那年的总统之争在劳工党候选人贝隆和民主联盟候选人塔姆博里尼之间展开，贝隆挟前年赈灾的威望，又有娇妻艾娃全力辅佐，势头如火如荼，可身为作家的博氏不识时务，他非常不喜欢贝隆的政治主张，觉得所谓为穷人谋福利是政治噱头，根本不可能兑现，尤其不能接受贝隆与希特勒和佛朗哥关系暧昧，于是在一份反对贝隆的知识界声明上签了名。这下不得了，他被艾娃也即贝隆夫人盯上了。

博尔赫斯

艾娃不久开始收拾博氏，先免除他在图书馆的职位，接着宣布“提拔”他为首都菜市场鸡鸭主管，这分明是在嘲讽他，管鸡鸭也比管书强。博氏问为什么？回答你不做这个还能做什么？博氏将此举视为对他的巨大侮辱，发表声明断然拒绝，从此与贝隆夫妇结下梁子，连艾娃死后也不放过，说谁在乎一个婊子的死活？阿国作家也声援他，次年选他做全国作协主席。本想一心沉迷于小说技巧的博尔赫斯，无意中成为反贝隆主义的标志性人物。

从此博氏与贝隆夫妇誓不两立，凡贝隆政策他都带头抵制，这个角色与他的内心并不相符，可时也运也命也，已经由不得他了。这种恨屋及乌的心态，我们读读李敖就可以体会，李先生在蒋氏统治下坐过大牢，对两蒋终生痛恨，每每言及便不吝吐出最刻薄的言辞。在以后的岁月中，对待贝隆主义的态度，成为博氏划分敌友的分水岭，只要反贝隆，他都引为知己，后来甚至不惜冒天下之大不韪，去智利接受皮诺切特授予十字勋章。

这个举动大大得罪了瑞典人，被认为对诺奖大不敬，要知道皮诺切特血腥推翻阿连德，在全世界臭名昭著，当时很孤立，没谁愿意挨近他。时任诺奖评委伦德克维斯特公开表示，博氏将因此举失去提名机会，然而正是这个伦评委，数年前为聂鲁达获奖拼命游说，甚至说聂赞美斯大林是历史的误会。博氏倒也淡然，他自嘲说不给我授奖是瑞典人的惯例，这规矩在我出生前就定下了。

安第斯山脚的凄美哀诗

曾经有朋友问我，怎样才能写出好诗？我说去恋爱吧，成功了，你会成为诗人，失恋了，你会成为更成功的诗人。如果要举个例子，可以举出智利女诗人加百列·米斯特拉尔（Gabriela Mistral, 1889-1957）。智利背靠安第斯山脉，人口不多，却是个文学大国，算上去年获奖的略萨，南美洲总共才有四个作家获得过诺贝尔文学奖，智利就占了一半，米斯特拉尔和聂鲁达，更何况还有众多前景看好的候选人，如阿连德等。

米斯特拉尔的家境并不好，她出生在一个小山村，父亲觉得家庭生活太压抑，早早就离家出走，后来客死他乡。不过这父亲还算比较有情义，他出走前专门为女儿建了一个花园，供她捧着书本与花鸟为伴，似乎预料到她日后会成大器。小米没上过学，学业是在当教师的大姐辅导下完成的。15岁起她开始自谋生路，带着妈妈到海边教书糊口，并创作自己心爱的诗歌，虽然作品不时见诸当地报端，但表达的无非是些少女愁绪。

米斯特拉尔原先并不姓米斯特拉尔，名字也不叫加百列，真名实姓叫什么已经没谁注意了，那么她为什么换了这个名字呢？完全是出于对诗歌的热爱。她最喜欢的两位诗人，一位是生于罗讷河畔的法国诗人弗雷德里克·米斯特拉尔，他是1904年的诺贝尔文学奖得主，另一位叫加百列·邓南遮，是个意大利诗人，我们熟悉他是因为他曾经为墨索里尼的政策辩护，不过小米喜欢他时，不会想到他后来的所作所为。

就这样她把两个心爱诗人的姓名，一边抓一个姓，一边抓一个名，合起来成了自己的笔名，说是笔名实际上已经成了她的姓名。这期间她遇到一个名叫聂鲁达的学生，当时他只有16岁，向她讨教如何写诗，她建议他多读外国诗，主要是欧洲诗，多读但丁和彼德拉克。小聂被米氏的博学镇住了，居然不敢把自己的诗作拿出来给她看。当时谁都不会想到，这对师生是智利文学史上最耀眼的两颗明珠。

米斯特拉尔生命中最重要的事，发生在她17岁。那年她遇上一个叫乌雷塔的铁路职员，深深地爱上了他，并且订了婚。可是乌雷塔居然爱上了另一个姑娘，更伤心的是，他还被那姑娘抛弃了，两年后在绝望中饮弹身亡。短短三年，小米经历了由天堂到地狱的心路历程，未婚夫的死强烈地震撼了她，她终日以泪洗面，不明白他为什么宁可选择自杀也不愿与她牵手？从此除了思考爱，她还学会了思索生与死。

怀着对乌雷塔的深情，她写下了《死的十四行诗》(Sonnets of Death)，这是失恋炼就的凄美哀诗，丰沛的情感震惊了智利乃至整个南美文坛——除了巴西，巴西人用葡萄牙语写作，而南美其他国家的文学语言是西班牙语。这场惊心动魄的爱情彻底改变了她对世界的看法，也改变了她的诗歌，在以后出版的诗集《绝望》和《柔情》中，对爱的渴望和对苦难的同情成为她不变的主题。她终身未婚，把诗歌作为自己永生的情哥哥。1945年，智利米斯特拉尔如同她喜爱的法国米斯特拉尔一样，获得了诺贝尔文学奖。

《米斯特拉尔传》穆德爽著，时代文化出版社，2013年1月版

聂鲁达之死

近来有关智利大诗人聂鲁达死因的争议，再度引起世人关注。我们不妨回头看看那些年究竟发生了什么事，聂是个什么样的人。聂鲁达原名不叫聂鲁达，叫一长串西班牙名字，最后一个叫巴索托，他自幼喜欢写诗，尤其推崇一个叫聂鲁达的捷克诗人，后来干脆把那名字要过来，变成了自己的笔名，将这名字用在各种报刊和诗歌朗诵的集会场合，最终用在了诺贝尔文学奖的授奖演说上，而那位捷克诗人聂鲁达反而被人遗忘了，究竟写过什么作品，没几个人知道。

聂鲁达诗选（中英文对照）

聂鲁达成名很早，这固然是因为他的诗写得好，他早年游学巴黎，与超现实主义那伙人混在一起，布勒东等人与他过从甚密。不过他声名在外还有一个原因，就是与政治黏得很近，是各种政治聚会的常客，曾无数次在万人集会上朗读自己的诗歌，比较著名的一次是在旧金山城市之光书店门前，朗诵诗作《暴君割下歌手的头颅》：“暴君割下歌手的头颅/可是井底的声音/从大地神秘的泉眼涌出/穿过民众的嘴/在四面八方轰然回响。”

聂鲁达（右）与马尔克斯

聂鲁达从20世纪40年代开始倾向共产主义，也正因为其立场“左”倾，曾数次被当局通缉。最危险的一次他在朋友家地窖里藏匿几个月，后来翻越安第斯山逃往阿根廷。他长期在拉美各国流浪，还加入国际纵队参加西班牙内战，结交了不少左翼文学家，比如洛尔迦、帕斯、马尔克斯等，都是日后响当当的文学大师。他同时也与流亡的智利社会党领袖阿连德一见如故成为密友，甚至在墨西哥城参与刺杀托洛茨基的未遂行动，谋杀败露后他将刺客之一，墨西哥画家西盖罗斯接到自己家藏起来。

这段时期的聂鲁达极其激进，与其说是诗人，不如说是革命党更合适，与其说有文学理想，不如说有政治抱负。但是在如何看待斯大林的问题上，他与几位好友产生了分歧，特别是在苏联与纳粹德国签署协议后，分歧达到白热化，一次争吵中他跟帕斯大打出手，帕斯表示要与斯大林分道扬镳，而聂则坚决维护苏联的地位，以至于后来当全世界都呼吁苏联当局善待帕斯捷尔纳克和布罗茨基时，他选择了沉默。聂的这种态度得罪了许多粉丝，获诺奖后更成为诟病的话题。1957年聂来华，印象非常好，与艾青等人互有唱和。

1970年时局发生变化，阿连德胜选成为智利总统，他任命聂鲁达出任驻法国大使，聂欣然从命。不过这时候他的健康出了问题，检查出前列腺癌，只得回智利治疗。接下来风云突变，右翼军人不满阿连德的国有化政策，发动血腥政变将其推翻，而聂鲁达在政变12天后猝死于首都圣地亚哥的一所医院。问题就出在这里，聂的左翼立场如此鲜明，极端反共的皮诺切特连阿连德都敢杀害，怎么会放过聂鲁达？难怪智利人40年后要开棺验尸。据说政变军人曾前往聂宅搜查武器，聂对他们说，我这里最危险的东西，是诗歌。

阿连德这个姓

阿连德

前些年智利铜矿发生塌陷，有30多名矿工被埋，原先说要两三个月才能解救，我乍听以为听错了，是两三天吧？再听下去才知道还真是两三个月，原来矿工们埋在地下700多米深处。700多米是什么概念？假设一座十层的楼房是40米，那就有接近20栋楼房那么深，而最先进的掘进设备，据说一天只能掘20多米。好在矿工们后来都被救出来了，有点像一场有惊无险的电影。事情一旦成为关注的焦点，就不会寂寞，这不连智利总统、玻利维亚总统都亲临现场过问救援进度，难怪有的中国矿工见状，表示渴望去智利挖矿。

我在这里要说的不是总统，是与总统一道前往鼓励矿工的一个老太太，叫伊莎贝尔·阿连德（Isabel Allende, 1942- ）。熟悉当代南美史的人都知道，30多年前的智利，曾有过一场惊心动魄的巨变，那场巨变比如今这场矿难激烈多了。时任陆军总司令的皮诺切特发动政变，推翻了民选总统阿连德，阿连德手执冲锋枪殊死抵抗，死在总统府内。这个战死的阿连德，就是老太太的伯父。她伯父本来是民选上台的，但执政理念倾向于社会主义，想把铜矿收归国有，这下触犯了西方列强的利益，惹来杀身之祸。不过那个皮氏晚年的日子也不好过，政变受害者一直没忘却他滥杀异己的暴行，80多岁时被西班牙法官起诉，在伦敦被拘留，差点遭引渡，在提心吊胆中度过了生命的最后几年。

伊莎贝尔的父亲，也就是阿连德的弟弟，是智利驻秘鲁大使，在她幼年就离家出走了，母亲后来改嫁，继父是智利驻玻利维亚大使。伯父在任时，没沾到什么光，伯父战死后，麻烦来了，军政府仅仅因为她的姓氏就要抓她，要把姓阿连德的斩尽杀绝。那时伊莎贝尔刚三十出头，为躲避追捕仓皇出逃，从此开始了20多年的流亡生活。伊莎贝尔年轻时是个美人，酷似索菲亚·罗兰，曾在电视台做过花枝招展的女主持，她的命运因为采访聂鲁达而改变。聂鲁达是何方神圣呀，获诺贝尔文学奖的智利大诗人，他对她说，你看看你做的节目，自己说的话比嘉宾还多，哪像个主持人呢？你去写作吧，没准能成个作家。

漂亮女人通常会满足于自己的漂亮，愿意终生做只人人呵护的花瓶，但伊莎贝尔有貌有脑，聂鲁达一句话让她天眼顿开，她开始从事艰巨的文学创作。1981年，流亡中的伊莎贝尔得知90多岁的老外公已处于弥留之际，于是开始给外公写信。她深知皮氏的独裁统治是外公挥之不去的心病，试图用文字驱赶皮氏幽灵，让外公获得灵魂的解脱。信越写越长，越写越动情，写到后面成为一部小说的雏形，那就是她的成名作《幽灵之家》。

伊莎贝尔的另一部小说《葆拉》，采用的也是写信的手法。葆拉是她的女儿，因患上罕见的卟啉症，也即代谢系统紊乱症而长年卧床治疗，去世时年仅29岁。伊莎贝尔给女儿写长长的信，跟她讲述在首都圣地亚哥度过的童年时光，鼓励女儿要坚强地活下去，虽然葆拉最终还是离开了人世，但伊莎贝尔为此倾注了自己的全部母爱。这样一个热爱生命的老太太前往矿井喊话，自然会给700米地下的矿工们送去求生的力量。

秘密婚姻

帕 斯

墨西哥城以南约80公里处有座小城市叫库埃纳瓦卡（Cuernavaca），这里气候宜人风光秀丽，有众多玛雅古迹，因为距首都近，成为都市人周末休假的首选。不过在文化人看来，这里还有另一层别样的意义，因为它滋养过许多世界级现当代文艺大师，在这儿生活过的名人，有美国作家斯坦贝克，还有墨西哥本国大画家西盖罗斯，女作家艾莉娜·加罗（Elena Garro, 1920-1998）等。西盖罗斯不用说了，凡喜欢绘画的朋友都知道，他是20世纪知名的版画家之一，不过众人有所不知的是，西氏年轻时很激进，曾参与刺杀托洛茨基未遂被捕过，托洛茨基当时旅居墨西哥。

艾莉娜·加罗天资聪颖，五官娇俏，既是才女也是美人，大学专业学的是戏剧导演，期间加入一个叫“当代人”的艺术沙龙，开始创作小说和剧本，代表作是反映20世纪初墨西哥革命的长篇小说《往事追忆》，里面的插图是西盖罗斯风格的版画。主持沙龙活动的同时，她也结识了不少作家艺术家，比如初出茅庐的智利诗人聂鲁达，当然最重要的是，她遇到了自己的先生。这位先生才华洋溢，一表人才，那时墨西哥正处于战乱时期，两人一同出席街头演讲，弹吉他，喝咖啡，加罗被他深深吸引，后两人结伴经美国、法国前往西班牙，去支持那里正陷入苦战的共和军。

途经巴黎时，在火车站遇到法国大作家阿拉贡，阿拉贡朝加罗的方向大叫，她在车窗里向他挥手。阿拉贡跑过来，不理她，指指旁边的先生说，我叫的是你爸。其实先生也没比加罗大多少，只是显得老。两人于1938年秘密结婚，21年后离婚，按加罗的愿望，这段婚姻未予声张。加罗离婚后未再嫁，政治姿态开始转为激进，直接参与1968年的学生街头抗议运动，并发表声明，指责墨西哥知识精英在危难关头不止袖手旁观，甚至有背叛学生的嫌疑，导致舆论哗然，最终被当局驱逐，流亡法国20年，最穷的时候连抽烟的钱都没有。

加罗对这段婚姻非常珍惜，曾著有回忆录专门记叙，说两人在巴黎时住小旅店，住进去后听说这是家窥阴癖聚会的场所，每个房间都有小孔供人窥视，专门观看女人洗澡换衣服。加罗吓坏了，到处查看也没找到孔洞，白天不敢换衣服，晚上要熄灯才敢上床，没遇上跳蚤，已吓得全身起疙瘩。第二天离开时得知，这是个恶作剧，虚惊了一场。

话说她那位神秘的先生，离婚后开始交上好运，先后被任命为墨西哥驻印度、日本的使节，娶了个法国太太，出版了一系列诗集，获得一系列国际文学奖。他的名言是，没有人生，何来诗？没有诗，何来人生？他还译过一些唐宋诗句，对中国文化也很熟悉。1990年，这位加罗的前夫获得诺贝尔文学奖，他的名字叫奥克塔维奥·帕斯（Octavio Paz, 1914-1998），漓江社出过帕斯的诗选《太阳石》。帕斯死于1998年4月，4个月后加罗离世，追随帕斯的脚印而去，直到死后世人才得知她有过这段婚姻。

绿房子与绿帽子

巴尔加斯·略萨（Vargas Llosa, 1936- ）2012年获诺贝尔文学奖了，我想起一些跟他有关的事。记得很多年前，我收到过一部略萨的小说译稿，叫《绿房子》，我对绿这个字是很敏感的，总觉得跟情跟爱有关。英国有首爱情名曲叫《绿袖子》，我国也有用衣袖做性暗喻的，比如用断袖表示同性恋；韦庄的一句“劝我早归家，绿窗人似花”，内中的含义自可意会；绿帽子就不用多说了，足以让最懦弱的男人挥拳砸向对方。译稿果然是写妓院生活的，有大量露骨的性描写，虽说有相当高的文学价值，但囿于国情只得割爱。后来这部小说的洁本在别的地方出版了，改名叫《青楼》。

还是说略萨吧，1976年墨西哥城举办拉美影展，播放的片子是很烂的，但影展是名流们作秀的重要场合，于是很多名人都赶来了。灯亮时马尔克斯看见略萨在后面几排的位置上，他走上去伸开双臂想拥抱对方，这是南美男人相见的传统方式，可亲热的话还没说出口，略萨就以一记右勾拳打在老马的左眼上。“瞧你对派翠西都做了些什么，还敢跟老子拥抱？”略萨一声大吼。老马一屁股坐地上，鼻子出血了，可他既没咆哮，也没挥拳反击，而是选择了沉默走开。此后30多年，两位文坛巨擘未再搭理过，年长10岁的马尔克斯思想左转，成为卡斯特罗的座上客，略萨则成为撒切尔主义的热烈信奉者。

曾有人把那场影院殴斗归结为政见分歧，但明眼人马上就能猜到，此事与政见无关，只与隐私有关。原来两人在巴塞罗那住过7年，一度是要好的朋友，也可以说有师徒情谊，略萨曾花两年时间研读《百年孤独》手稿，并写过翔实的论文，可以说略萨有日后的成就，离不开马氏的提携。后来略萨结婚了，夫人派翠西是自己的表妹，这是他的第二回婚姻，头任太太也是一位远房亲戚。婚后的略萨依然四处奔波，一次在飞机上偶遇一位金发碧眼的瑞典空姐，很快坠入情网，连人带心一起去了斯德哥尔摩。

这下派翠西不干了，她去找马尔克斯诉苦，老马先把略萨一顿贬损，建议她离婚，而后又予以安抚，派翠西心生爱慕，这爱慕后来变成了暧昧，给略萨戴上了绿帽子。在对待美女的问题上，略萨略微有点傻，没过多久就被空姐甩了，怏怏而归。派翠西将一切和盘托出，略萨一家立刻搬走。再后来，就发生了墨西哥城影院里的那一幕。两位大文豪如今都已年过古稀，对于往事都心照不宣保持沉默，马尔克斯的回忆录写到20世纪60年代打住了，有人问他为什么？他说因为我不想撒谎，也不想写不愿意写的事。文学有时候就是这样一面镜子，在映照别人的同时，也映照自己。

曼妙如小曼

漂亮女人通常是文坛的陪衬，点缀一下花边新闻，不过也有例外。如今我们谈论大洋洲文学，首先会想到澳大利亚作家怀特，他因小说《风暴眼》获得1973年的诺贝尔文学奖，可英语世界的读者却未必这样认为，大家公认的首要作家是曼斯菲尔德（K. Mansfield，1888-1923）。虽然曼氏去世已逾80年，但读者心中的大洋洲文坛巨擘依然是这位早夭的丽人，只有她足以与契诃夫、莫泊桑等短篇大师比肩。大评论家康诺利曾经评价说，她是新西兰对西方现代文学的惟一贡献。

小曼为新西兰人氏，从小跟毛利孩子玩在一起，她的幸运在于，除了有天分，还有一个宽容而富有的父亲。父亲是新西兰银行总裁，小曼15岁那年，他将她与两个姐姐一道，送往伦敦皇后学院念书。这是一所为少女开设的贵族学府，在其长长的毕业生名单中，包括了肯尼迪总统的妹妹凯瑟琳，船王奥纳西斯的女儿克里斯蒂娜等富二代。

小 曼

与《简·爱》的作者夏绿蒂·勃朗特一家一样，曼家的孩子也是三女一男，不同的

小曼出生地，位于新西兰惠灵顿市

是勃朗特三姐妹都喜欢写作，曼家只有小妹热爱文学。小曼爱上了欧洲，决心靠写作为生。她加入各种文学沙龙，先后结识了王尔德、伍尔芙等大文豪，不过这并不管用，她投稿无数，分文未得，好在有父亲做后援，他每年给小女儿100英镑做生活费，用这笔钱过奢华日子是不够的，像吉卜赛人那样流浪倒是绰绰有余。

写作还没结出硕果，她却怀上了别人的孩子，又不能结婚，匆忙中找了个音乐老师想嫁人，不想在新婚之夜被赶出家门。怀着别人的孩子去结婚，那不是嫁人，是嫁祸于人了，自然没好果子吃。母亲闻讯从新西兰赶来，连忙把女儿架往德国的巴伐利亚，一路颠沛流离，孩子没保住，但名声好歹保住了，至少做父母的这样想。这趟短暂的巴伐利亚之行，是曼小姐的人生转折，她至少有两个收获，一来明白性其实并不自由，此前她仗着容貌秀丽，四处招蜂惹蝶，性伴侣男女都有，差点做了未婚妈妈；二来她读到了契诃夫，觉得自己终于找到了灵魂的对话者，成为俄罗斯文学的狂热粉丝。

返回伦敦后，她与评论家缪里相知相爱。不久一战爆发，她惟一的弟弟在法国阵亡，从此她的笔开始变得沉重，写出了巅峰之作《序曲》和《园会》，日后经常被选入各种英文小说读本。曼小姐最后的岁月饱受肺结核之苦，出于对俄罗斯文化的热爱，她接受一位俄国医生的提议，采用X光照射进行治疗，结果导致病情恶化。

1923年她为治病来到法国的枫丹白露，新年过后缪里来看她，她闻讯欣喜若狂，为了表明自己依旧年轻，不顾寒冷从楼上跑下来迎接他，致使肺部感染出血，次日死在爱人的怀抱里，年仅35岁 。遥远的中国也有人为她的早逝而哀恸，徐志摩写下了悼诗《哀曼殊斐儿》。小徐在英伦求学期间拜访过曼小姐一次，深为她的姿容才华倾倒，那时她已病入膏肓，说几句话就面露潮红，但在东方才子的眼里，西方佳人面上的红润，艳若苏杭四月的桃花。三年后他回到中国，娶了一个女子也叫小曼。

喜欢书，喜欢花

我们向来希望自己的孩子，尤其是男孩子，长大后建功立业，世俗一点的追名逐利，高贵一点则战死沙场，三十功名尘与土，八千里路云和月，轰轰烈烈一番才不枉做一回男儿。可英雄毕竟是有限的，除了自己得活出威武雄壮的样子，还得看时运。若时运不济，别说做英雄，不成狗狗就不错了，比如家境好一点，生下来碰上文革，只能成为狗崽子。我曾想若是生来衣食无忧，我该做点啥呢？说出来挺没志气的，我喜欢花也喜欢种花，种一片玫瑰园或一面茉莉墙，瞧瞧蝶舞闻闻花香，也很惬意呀。这想法太公子哥儿习气，或太小家子习气，我从来不敢跟人说。

梅特林克

后来我找到了志同道合者，一个是俄国人纳博科夫，这人喜欢收集蝴蝶标本，后来还成了蝴蝶专家，这大家都知道，不多说了。另一个是比利时人梅特林克（M. Maeterlinck，1862—1949）。梅氏打小喜欢观察花，这爱好多少得益于他老爸，当时比国受邻居荷兰影响，有钱人家喜欢自个儿盖花房，带玻璃屋顶的那种，在里面种花养草，有的花房还很大，里面有池塘山坡，可以养睡莲，种果树，种成片的郁金香。梅氏的老爸也整了个花房，他家本来就有好几公顷的花园，再加上花房，他就像一只小蜜蜂，从小住在花丛中。

梅氏喜欢阅读，翻遍自家的陈年旧书，曾在书房最深处发现13世纪荷兰神秘主义哲学家瑞斯波洛克（Ruysbroeck）的著作手稿，并译成法文，这位瑞斯后来成为象征主义文学的哲学先驱。不过这孩子更喜欢花房，花房是个童话世界，他没事就钻花房深处，观察植物的生长过程。他发现每一种植物从种子发芽到长出叶片，再到开花成熟结果，都经过精心的自我设计，其生存和繁衍的技巧，丝毫不弱于人类的大脑。花朵看上去纤弱，但具有旺盛的活力，这种活力来源于超强的自信，相信自己一旦盛开，整个世界都会投来艳羡的目光。这是生命追求灿然一现的天性。

他还喜欢养蜂，在自家客厅置了一只玻璃蜂箱，随时观看蜂巢里的变化。他发现蜜蜂王国里有严明的规矩和法则，每只蜜蜂都有明确的使命，工蜂负责采蜜和喂养母蜂，母蜂负责产卵，雄蜂衣着华丽，不愁吃喝，可一旦完成交配使命，就成为被屠戮的对象。它们构筑蜂巢时，似乎懂得六边形最稳定的原理，而人类最聪明的数学家，可是花了很长时间才破解这道几何之谜。蜜蜂的这些特征，前辈昆虫学家已有所描述，可通过自己观察看到的情状，要比读书生动得多。

一个人痴迷于阅读又痴迷于花，会有什么样的后果呢？在一般人看来无非是书痴或花痴，要么做教书匠或园丁，要么百无一用。可梅特林克不一样，他不是单纯的痴迷，他在痴迷中加入了自己的思索，把这份痴迷升华成智慧。就比如同样都嗜酒，有人成酒鬼，而有人成了诗仙。只要有爱好，总会有回报，梅氏后来写下了《蜜蜂的生活》《花的智慧》，还有蜚声世界的象征主义剧本《青鸟》等，获得1911年的诺贝尔文学奖。

两大师

乔伊斯画像

1922年5月19日，一位英国富商忽发奇想，在巴黎富丽大饭店设宴，款待他认为是当时巴黎最牛的四位文化界大腕，音乐大师斯特拉文斯基，大画家毕加索，还有普鲁斯特和乔伊斯，这两位不用说了，一个创作出鸿篇巨制《追忆逝水年华》，一个构思出千古奇书《尤利西斯》，都是响当当的文学巨匠。不过这是后人的评价，当年毕加索年满41，斯特拉文斯基和乔伊斯都是整40，普鲁斯特51。老普最年长，风头也最健，前礼拜刚推出新作《索多姆和戈摩尔》，是本城报界集中议论的热点人物。

四人中只有老普是法兰西地头蛇，其余三人都是异乡客，毕加索来自西班牙，乔伊斯从都柏林来，斯大师来得最远，故国是遥远的俄罗斯，那边闹革命把庄园没收了，回不去。富商本来不想请乔伊斯的，这乔老爷性情不合群，写的小说看不懂，一个人一天的事情本来很简单，他可以写成一厚本书，而且他生性内向不爱说话，心思很难猜透，可他毕竟名气大呀，不请似乎也不太好。富商想了想，托人给乔捎了个信，说如果方便的话，请他晚餐后过来小坐。他以为古怪的乔伊斯是不会来的，谁知乔果然来了，果然让人猜不透。

乔伊斯侨居巴黎不久，对名人聚会还是蛮看重的。他当时已经名满欧洲文坛，连远东的中国、日本都有人译介他，徐志摩、茅盾曾先后撰文做过介绍。乔一次走在苏黎世大街上，有个年轻粉丝上来说，我可以吻一下您这只写出《尤利西斯》的手吗？乔拒绝了，说不行，这手还干许多别的事。众巨匠先后抵达，最先到来的是毕加索和斯大师，两人是来吃正餐的。乔伊斯晚餐过后才来，喝得醉醺醺的，一来就枕着胳膊昏睡。

普鲁斯特果然一副大佬做派，直到凌晨才姗姗迟来，将乔伊斯从鼾声中唤醒，两人自我介绍一番后并排落座。这两个人其实都知道彼此的地位，评论界也喜欢将两人做比较，都是现代主义文学的开拓者，照理说应该有许多共同语言，甚至应该成为挚友，但现代派的粉丝们猜错了，他们虽然近在咫尺却无言以对，如同偶遇的路人。两人坐一块究竟聊了什么，这世上没人知道，但大家也很好奇，事后流传出许多版本。一个版本说两人互相诉苦，乔伊斯说我每天头疼，眼神也不好，普鲁斯特说我胃痛，痛死了，现在就想回家。乔说我也是，要有人扶一把，我立马就走。

另一个版本说普先开口，说乔先生，我没读过你的《尤利西斯》，乔立即回应，普先生，我也没读过你的《追忆逝水年华》。说完两人再没话可说。普读没读过乔的书，我们不知道，但乔是肯定读过普的书的，据朋友回忆，1920年乔曾读过几页普的那部代表作，说难读死了，实在读不下去。还有一种说法，说普一直喋喋不休议论眼前的娇美妇人，乔则瞅着她们一言不发。这个场面倒也符合两人性格。这是两大师惟一一次见面，半年后普鲁斯特因肺炎去世，乔伊斯从第二年春天开始写他最后的巨著《为芬尼根守灵夜》。

风雪猎艳人

若论哪国男人最风流，估计意大利男人居榜首。从古罗马皇帝卡里古拉到如今的贝卢斯科尼，个个风流成性，据说墨索里尼唱情歌也是一把好手，对此意国人习惯了，倒也见怪不怪。不过同样是风流，也是有不同境界的，比如发乎于情，止乎于礼，那叫浪漫；没止住，过了，叫越轨；不但越了，还其乐融融，就近乎于淫荡了，卡里古拉就是历史上著名的淫帝。政客好这一口，文人自然不会落后，有时甚至演绎出更烂漫的故事。

说起卡尔维诺（Italo Calvino，1923-1985），一般人会想到他写的《风雪夜归人》，不过我更愿意把他收集整理的《意大利童话》当做他的代表作。这部童话有两百多个民间故事，集意国老百姓天真诙谐之大成，是卡尔维诺贡献给世界文坛的沉甸甸的礼物。卡氏也是个情种，年轻时有过一段隐秘恋情，爱上了女影星吉奥吉。亚平宁半岛从来不缺美人，索菲娅·罗兰、劳洛勃丽吉达、贝鲁奇都是世界影坛的奇葩，吉奥吉不如前面几位名气大，但也美艳动人，估

卡尔维诺漫画像

计距狐狸精也不远，尤其在情色片《索多玛的120天》里出演风骚女主角，更让她家喻户晓，该片尺度之大令人瞠目结舌，至今仍被多国列为禁片。

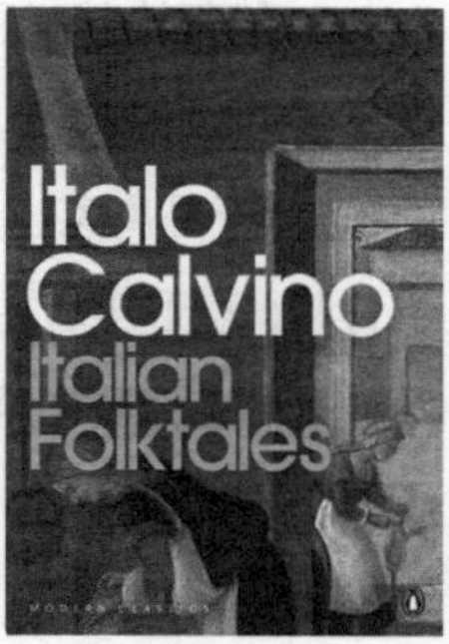

《意大利童话》意大利文版封面

卡尔维诺1955年与吉奥吉一见倾心，彼时她已为人妇，但禁不住卡氏的凌厉攻势，成为他的地下情人，展开了一场为期三年的姐弟恋。期间卡尔维诺给她写了300多封热烈的情书，算下来三天就要写一封，这位平日温文尔雅的大作家，这样表达与吉奥吉的初次见面："一见到你，我就想把你撕成碎片，剥光你的衣服，无所顾忌地亲你吻你占有你，什么都想干。"如此直截了当，哪像作家的文笔，哪有一丁点诗意？正应了那句话，男人骨子里都是狼。有评论家开玩笑说，干脆把情书收集起来，出一本《风雪猎艳人》算了。

不过吉奥吉很享受这个野蛮小弟弟，瞒着丈夫与卡尔维诺频频幽会。丈夫出身于佛罗伦萨望族，喜欢品鉴藏画，开画廊。1958年卡尔维诺遇见阿根廷女作家辛格后，中止了与吉奥吉的往来。辛格后来成为卡夫人，新婚蜜月是在古巴度过的，两人还去拜访过大名鼎鼎的切·格瓦拉。事情本来到此为止了，很可能如无数名人艳事那样为时光湮没，不想吉奥吉后来的生活发生变故，无比窘迫，丈夫一日忽然消失了，据说为了逃债远走高飞，从此渺无音讯。她迫于经济压力把一批私人信件典当给一位手稿收藏家，其中就包括了卡尔维诺的那些情书，双方约定25年内不得公之于世。

25年很快就过了，21世纪初约定到期，这些信件陆续面世，结果公众大跌眼镜。原来吉奥吉的丈夫并不傻，他感觉到了太太的私情，于是离家出走，从美国给吉奥吉写了一封绝笔信，谴责她的背叛，若干年后在华盛顿一家酒店悬梁自尽，婚外情终于导致绝命悲情。谜底揭晓后舆论大哗，好在吉奥吉几年前已过世，解脱了，卡尔维诺则早她12年先走，于是所有的注意力都集中到卡夫人身上，想看她是什么反应。卡夫人倒也冷静，说作为卡尔维诺遗产继承人，她宣布那些情书已经公布的就公布了，尚未公布的全部封存，待她死后再说。

布拉格陌路人

哈维尔(Vaclav Havel, 1936-2011)获得了卡夫卡奖，这有点出乎我的意料。在我看来如果捷克作家要获这个奖，哈维尔至少得排在昆德拉后面，不过我可能忘了，我们一直记得昆德拉是捷克作家，捷克人似乎并不这么认为。昆德拉是捷克作家吗，用法语写作的捷克作家？他们会这样问。昆德拉确实早已加入法国国籍，并用法语写作，只有中译本还在他的名字前加上捷克两个字。捷克人从来不乏幽默，哈谢克的《好兵帅克》曾笑翻了欧洲，哈维尔与昆德拉秉承了这种民族幽默感，分别在自己的著作中对后极权做过辛辣讽刺，不过两人的风格是完全不一样的。

哈维尔这样描写当年的捷克：“一个水果店经理在橱窗里，在洋葱和胡萝卜中间，安放了这样的标语，‘全世界劳动者，联合起来！’他为什么这样做？他真的热心于联合

哈维尔

昆德拉

全世界的劳动者吗？……我想可以肯定地说，绝大多数水果店经理从来没有思考过他贴在窗户上的标语，这是由单位领导将它和洋葱及胡萝卜一起，提供给我们的水果店经理的……”

昆德拉则这样描写：“为了保证不让痛苦的记忆，哪怕是它的影子，骚扰复兴的田园，不论是布拉格之春，还是苏联人的坦克，都不得不作为污点，从捷克的光荣历史上抹去……米瑞克的名字就属于被抹去之列……他们想把数以万计的人们从人类的记忆中抹去，只留下一个纯洁无瑕的牧歌时代，但是米瑞克将像一个黑点，在他们的牧歌曲谱上舒展开……”

两人笔下的现实都是荒诞的，也都敢于抗争，但在内心深处，他们又是迥然不同的人，这种抗争只是短暂同行的一段路，同行过后会分手。哈维尔不仅是作家，还是街头活动家，曾因为在布拉格中心广场纪念苏军入侵而被捕，他的骨子里其实是个政治家，文学是通往政治的扶梯。昆比哈大6岁，做大学老师时曾热情推荐过年轻的哈，但日后两人渐行渐远。昆从不相信革命，对权力本身充满疑问，认为问题不在于谁掌握权力，而在于权力本身。他对哈的做法不以为然，认为哈的一切努力，无非是想取而代之，而任何人一旦得势，会成为新的独裁者，这是昆灵魂中的无政府原则。

哈与昆素来是陌路人，关系一直疏远，哈最终由作家成为政治家，当上了捷克总统，登上了权力巅峰，这点并不意外，我感到意外的是，卡夫卡奖没有先给视文学如命的昆德拉，而是给了哈维尔，看来无论在哪个国家，政治在文学的磅秤上总是起作用的。昆德拉已经被诺贝尔文学奖提过好几次名了，每次都差那么一点点，考虑到2009年该奖已经授予了一个东欧国家的德语女作家，她写作的题材也是个人面对独裁的抗争，昆德拉要想获奖，看来还得等。

千里达父子情

印度出了不少赫赫有名的侨民作家，写《撒旦诗篇》的拉什迪是一个，另一个是奈保尔。加勒比海南边有个岛国叫特立尼达和多巴哥，海外华人习惯于称之为千里达，千里达距离印度千里迢迢，但都是英联邦成员国，因此岛上有许多印度移民，他们多半是怀着梦想前去淘金的劳工，金子没淘到，也不想回家了，就在岛上住下来，一住就是几代人。当中有个人叫西帕萨德·奈保尔，这人受过一点教育，是当地报纸的一个记者，喜欢写小说，不过一生似乎不怎么得志，作品也没流传下来。

好在他有个儿子小奈，自己写作不成功，便一心想把儿子培养成作家。在千里达那样的国家，一个印度后裔的家庭，想要儿子当作家，简直是天方夜谭。谁不知道印度人擅长做买卖，首都西班牙港的街道上，到处可以看到印度商贩忙着卖水果卖香烟——多巴哥就是烟草的意思，他们勤俭治家，已经完全融入当地社会。可老奈保尔不管那么多，他在给儿子的信中写道："不要害怕当作家，劳伦斯吃了那么多苦，最终还是成了作家，以后无论有什么遭遇，你都要把自己想像成劳伦斯，记住他说的话：我为文学而生。"

奈保尔漫画像

小奈果然成绩优异，18岁那年赢得牛津大学奖学金。可是初到英国他就崩溃了，在给姐姐的信中，他这样说："我从没想到我怎么会长着这样一张脸，一张亚洲人的脸，我长得比从印度来的印度人还像印度人。"他深陷无根的绝望，一天开煤气自杀，可那天煤气泄漏，没死成。这时老奈保尔的信到了，父亲无比深情地要求儿子，用文字把牛津的古老校园一一描述下来，寄回去给他看，以弥补自己年轻时未能深造的遗憾。

儿子感动了，明白自己身上还寄托着父亲的厚望，他怎能如此轻易地就死掉，这个世界还有多少风景等待他去领略，还有多少故事等待他去演绎，他的人生才刚刚开始呢。他开始与父亲频繁通信，讲述自己的各种见闻，也倾诉作为印度人的苦闷，同时还反过来鼓励父亲继续写作："写吧，你能写，一旦开始写，灵感就会汹涌而至，有了一个人物或一个事件，故事就开始了。"这些往来家书后来结集出版，取名叫《父子之间》（Between Father and Son, 1999）。没过几年老奈保尔去世了，他没能成为大作家，也未能看到儿子日后的辉煌，但读者从两人的信中，可以读到浓浓的父子情。

以后的半个多世纪，小奈拼命写作，获取一个又一个英语文学大奖，其中《比斯瓦斯先生的屋子》(A House for Mr. Biswas, 1961) 被认为是其扛鼎之作。小说描写一个寄居千里达岛的印度婆罗门后裔，如何历经艰辛寻找自己的身份，小奈承认主人公有父亲的影子。父亲婚后住岳父母家，一直没有自己独立的家，这成为他终生的隐痛，所谓比斯瓦斯先生的屋子，指的就是男人梦中属于自己的空间。2001年这位出生在加勒比海的印度人后裔，拿到了诺贝尔文学奖，他的全名叫维·苏·奈保尔（V.S.Naipaul，1932-　）。

《世事如斯——奈保尔传》（英）帕特里克·弗伦奇著，中信出版社，2012年版

微扁的鼻子

米沃什漫画头像

30多年过去了，大导演波兰斯基还在为那桩桃色案子苦苦挣扎，每次在电视里看见他，看见他的鼻子，我都会想起米沃什对波兰人的形容，“一只微扁的鼻子”。米沃什（Czeslaw Milosz，1911-2004）被称为波兰的良心，他曾说“至今为止，我没有写过任何谀词来巴结任何当代政治家”。的确，米氏是专为写诗而活着的，他的诗中没有虚假的粉饰，也找不着廉价的赞美，这样的诗人当然不招当局喜欢。1951年米沃什出走巴黎，成为所谓的流亡作家。

一个用母语创作的人，要下决心离开自己的母国，不是那么容易的，因为离开的不仅是土地，还有大量母语读者，对于作家而言，离开读者就如同鱼离开水，是很痛苦的。那么为什么要下这样的决心呢，因为新政权要对思想一刀切，对任何异端，不仅政治异端，哪怕是文学创作的不同见解和手法，也要进行管制，所以米沃什不得不走。在这一点上，米沃什的出走与张爱玲如出一辙。

多数选择自我放逐的作家，在异国活得都不容易。米沃什在西方并不走红，至少在1980年获诺贝尔文学奖以前，他是寂寞的。他一直坚持用波兰语写作，一来在祖国不能出版，二来无法融入西方主流文化，因此长时间陷入苦闷中，数度闪过自杀念头。后来与人合作将自己的诗歌译成英文，情况才有所好转。像肖邦、密茨凯维奇一样，米氏离开波兰后，对故土的怀念更加强烈了，他怀念的当然不是故国的统治者，统治者在任何时候都是不值得怀念的，他怀念的是波兰文化。

《拆散的笔记簿》是米沃什的获奖作品，漓江社20世纪80年代出过中文本，绿封面的译本是绿原先生译的。流亡时期的米沃什，时时都在感受生为波兰人的苦涩。在《存在》一诗中，他描写自己在巴黎地铁站的一次遭遇："我望着那张脸，目瞪口呆……一只微扁的鼻子，一个头发光滑后梳的高额头，下巴的线条……她在拉斯帕尔站口走出来。我被抛在后面，和大量存在物一起。像一团海绵，因不能浸水而受苦；像一条河流，因云和树的倒影不是云和树而受苦。"

"一只微扁的鼻子，一个头发光滑后梳的高额头"，我们可能认不出街头行走的老外属于哪个国家，是意大利人还是荷兰人，可欧洲人相互是可以辨认的，更何况是敏感的诗人，那种细微的感觉，就如日本人与越南人的差异，我们有时能分辨出来。黄头发，黑眼睛是波兰人的特征，所谓微扁的鼻子指的是扁鼻梁，就是波兰斯基那种长相。在巴黎地铁站人流中看见一只微扁的鼻子，认出了一个美丽的同胞少女，无法用眼神交流，更不能上前言语，自己的心如一团不能浸水的海绵，那种感觉何其孤单。

老妖精的游戏

曾听父母鼓励孩子，长大要有志气，无论做科研还是写小说，都要做到顶呱呱。顶呱呱的标志是什么呢，拿诺贝尔奖，可见在一般人心目中，诺贝尔奖的地位还是蛮高的。不过在我看来，那桂冠也未必那么遥不可及，就说写小说吧，真要写得好还是有可能获奖的。与做科研相比，写作更像是单枪匹马的战斗，更接近堂吉诃德。世上那么多获奖的小说家，获奖前多半是很寂寞的。加缪获奖时在一小馆子里喝闷酒，是侍应生把消息告诉他的，当时他还不相信呢。运气来了，磕头都会碰到天。

当然，说写得好就能获奖，这是一种鼓励的说法。小说写得好不好，得由读者和评论家做判断，有时还得动用时间老人。就假设写得很好吧，是时代的精华民族的骄傲历史的大百科全书，那么是不是就一定获奖呢？也未必，还得看以下几个因素。首先，写得好还要译得好，那些评委都是瑞典人，虽说英法西俄汉都懂一些，但他们的语言功夫通常都用来了解信息，真要通读一个优秀作家的全部作品，还得靠优秀的文学翻译家，译家译得好不好，决定了作家的命运。

罗曼·罗兰和巴尔扎克的文学风格相差很远，前者浪漫后者写实，但他俩遇到了同一个汉语译家傅雷，傅雷的文笔译罗曼·罗兰是很合适的，那种华贵丰厚的表述，与约翰·克里斯多夫微妙的内心极为吻合，但用同样的文笔译巴尔扎克，就溢美有余了，巴氏的小说有情节，但谈不上有什么文采，得以进入千家万户，离不开傅先生的倾心润色。相形之下由汉语译成洋文的小说要逊色得多，以前曾见有一套外文出版社出版的熊猫丛书，书目从蒲松龄到巴老曹都有，规模不小，影响不大，后来索性不做了，为什么呢，译笔不好读。

其次，就算译得好吧，作家还要活得好，要想获奖你得活成个老妖精。据对一百来位获奖作家的研究，通常60多岁时获奖的几率比较大，你可千万别像卡夫卡、洛尔迦那样，三四十岁就玩完了，人家刚开始写你的论文，你却一走了之，鲁迅活50多岁，也属于短命的行列。怎么样也得活上60岁吧，过了70岁还不得奖就拉倒了，反正也知天命了。当然凡事都有例外，吉卜林获奖时42岁，加缪47岁，是最年轻的两位，莫言57岁，也属于少壮派。还有，光命长也不行，诺贝尔遗嘱规定获奖者须持续写作，因此得不断有近作面世，沈从文也曾获提名，可自1949年后没发表过东西，虽然这不是他的错，但竞争的实力被削弱了许多。

对了，还有呢，要想获奖还不能做大官。马尔罗写得不错吧，可做了戴高乐的文化部长，几次提名都名落孙山。非洲有个桑戈尔，写法语诗歌的，感动了不少人，可做上了塞内加尔总统，没戏了。权力与文学如鱼和熊掌，是不可兼得的。部长也当了，主席也做了，还要去拿文学奖，别人怎么活？诺贝尔评委们这样做决定，无非是想显示自己清高，显示文学奖的独立与客观，可他们没想到，世上还有更清高的人，那就是萨特。萨特说他从不接受有官方背景的奖项，拒绝去斯德哥尔摩领奖，不过奖金还是要的，打进他名下的账户就好。

追梦人

人生的转折常常看似偶然，但其中暗藏运数，这运数来自对未来的盼望。有的人因为盼望太强烈，一次远行就够了，就足以改变命运，比如吉卜林（J.R.Kipling, 1865-1936）。吉卜林十几岁开始写作，也出过书，是小有名气的少年作家，但他对自己的创作一直不满意，总觉得少了点什么，这种反省源于他博览群书，觉得在那些大作家面前，自己还是个孩子。1889年吉卜林变卖所有生活用品，加上几部作品的版税，以一家印度英文报纸特派记者的身份，乘船离开孟买做环球旅行，说是环球旅行，但他的目标很明确，就是要去美国追梦。那年他23岁。

他走仰光、新加坡、香港、横滨，一路为报纸写各地见闻，又经过20多天海上颠簸，像当年乘“五月花”号到北美的先驱一样，于鲜花盛开的五月下旬抵达旧金山。这时候的吉卜林心中充满无穷梦想，梦想爱情梦想功名，隐隐觉得这片陌生的大陆藏着一根命运之绳，顺着这绳索寻找，会找到生命之梦。他先从旧金山唐人街找起，发现了10年前英国同乡史蒂文生租房的踪迹。原来史蒂文生爱上大他10岁的美国姑娘范妮，不远万里跑来与她共筑爱巢，看着窗外的魔鬼岛写下了《金银岛》。

这发现让吉卜林很感动，他沿着俄勒冈、蒙大拿、伊利诺伊继续向东，在宾州北部的一座小镇遇上凯莉，一个比他年长三岁的美国姑娘。说实话吉卜林人在旅途，加上生性腼腆，倒也不算太主动，但凯莉对这个才华横溢的年轻弟弟难以忘怀，三年后追到伦敦嫁给了他。遇到凯莉并缔结良缘，这是他追到的第一个梦。不过这桩由跨国姐弟恋演绎而来的婚姻，始终没得到吉卜林家人及朋友圈子的认可，这是另一个话题。他的第二个梦是什么呢？拜访偶像马克·吐温。

原来吉卜林出门前就想好了，此趟美国行一定要见马克·吐温，向他讨教人生、信仰与写作。他在美国也没熟人，路上就买报纸看，从报纸上查找马大师的踪迹。恰好那段时间大师活动频繁，媒体上多有记载，他沿布法罗、多伦多和波士顿等城镇一路追寻，来到纽约州的埃尔迈拉，茫然地站在市中心，向一位值班警察询问马克·吐温的去向。那警察倒也友善，说他确实见过一个长得挺像马克·吐温的男人，开一辆破车往东而去。吉卜林匆匆前往城市东区，由热心人指点来到马大师妹夫家门口。

他摁响门铃，心中忐忑不安，不知马大师会不会召见他这个由印度赶来的疯狂粉丝。门开了，他走进客厅，《汤姆·索亚历险记》的作者坐在椅子里，朝这位勇敢的年轻人露出微笑。那年马大师53岁。两人热情洋溢地交谈了两小时，期间吉卜林还拿起大师的烟斗抽了一口。17年后，马克·吐温读到一部叫《吉姆》的小说，喜欢到爱不释手，说我喜欢这本小说超过喜欢自己的作品。他当然知道小说作者就是当年拜访他的那个莽撞小伙子，这时候的吉卜林声名如日中天，距离获诺贝尔文学奖仅差一年。

有弹孔的书

大英帝国仗着船坚炮利，一度四处横行掠取殖民地，据统计在其鼎盛期，殖民地遍及世界各个角落，占全球陆地面积20%，是本土的100多倍，其中面积最大的除了北美澳洲，当数印巴次大陆，如今的阿富汗、巴基斯坦、印度、孟加拉国等都在这殖民圈里面。领土扩张自然也激发了英国作家的无穷想象，伯奈蒂夫人的小说《小公主》，福斯特的小说《印度之行》，吉卜林的丛林故事集《老虎！老虎！》等，都与印度次大陆有关。

说起吉卜林，后人会把他归为殖民主义作家，盖因他前期的作品为殖民扩张摇旗呐喊，认为亚非人种原始落后，显示出种族优越感。不过作家的思想是复杂的，简单归纳似乎也不公允。1915年一战爆发，英国的霸主地位受到挑战，吉卜林用极其煽情的语言号召大伙儿踊跃参军，去捍卫帝国的荣耀，鼓励独子约翰报名上前线。约翰想加入皇家海军，但视力有问题体检没过关，转而想做后勤补给军官，还是因为眼睛不好被拒绝。吉卜林出马了，用上了与陆军总司令罗伯茨爵士的交情，罗爵士拗不过老朋友的再三请求，将约翰安排进爱尔兰禁卫军。

约翰是吉卜林的最爱，在儿子12岁那年，他写了一首诗《如果》（If），作为给儿子的礼物。这首诗只有四段32行，每段都由

"如果"开头，最后一段的结尾是，"你就会成为汉子，我的儿子！"从20世纪初到21世纪，该诗连年被评为民众最喜欢的英诗之一。如今温布尔登网球场中央，就镌刻着里面的两句：凯旋与灾难/都是一码事。凯旋与灾难真的都是一码事吗？未必。当时战况激烈，约翰入伍后两天被派往法国，旋即死于惨烈的鲁斯战役，年仅18岁。战友目睹了约翰之死，他因视力不好陷入沼泽地，挣扎时被一枚炮弹击中，整个脸都被炸飞了。约翰的遗体1992年才找到，不过遗体的身份仍有争议。

爱子战死后，吉卜林深陷悲痛与自责，实在难忍就朝妻女高声朗读简·奥斯丁的小说《理智与情感》。奥斯丁晚年饱受疾病之苦，一直与病痛做斗争，吉卜林大概是想从中获得一点力量吧，他为帝国献出了儿子，却未能挽救帝国的衰败。不久，他为儿子写出了这样的诗句："若问我们为何阵亡/只因父辈撒了谎。"这句子被视为吉卜林的内疚与忏悔，满含父亲的沉痛，一时间在战后的英国广为流传。

战争结束后，吉卜林收到一个包裹，里面是一本有弹孔的书和一枚勋章。寄件人是法国兵莫里斯，这人喜欢读书，临上前线随身带了吉卜林的一本小说《吉姆》，放在左胸口袋里，结果正是那本硬壳小说挡住了一粒子弹，救了他一命。吉卜林收到包裹极为感慨，遂与莫里斯成为朋友，去世前两人一直保持通信。莫里斯后来成家生了个儿子，吉卜林成为小莫里斯的教父，并与小朋友通信达数年之久。如今那本有弹孔的书，还有吉卜林与莫里斯父子的来往信件，都陈列在大英图书馆的玻璃柜里。

孤魂比尔斯

几年前，一位名叫莱内的美国神父在加州去世，这位神父一生做了不少善事，其中一件是6年前，也就是2004年在墨西哥北部小镇摩加达，给一个被当地人叫做Gringo的老头立了一块黑色大理石碑，并撰写了碑文。Gringo是墨西哥人的口头禅，专指来自北方说英语的白种人，有骂对方白鬼子的意思，那么这个白鬼子是谁呢？碑文这样写道："据可靠人士见证，著名美国作家安布罗斯·比尔斯被怀疑为间谍，于1914年在此处被处决并掩埋。"原来是比尔斯（Ambrose Bierce，1842-1914？），大名鼎鼎的《魔鬼词典》的作者。

《魔鬼词典》风靡世间，如今谁都知道，但它的作者是个怎样的人，我们并不清楚。在文学词典中，比尔斯死亡的时间地点一直是存疑的，通常都说他进入墨西哥后不知所终。20世纪初墨西哥爆发了大规模农民起义，首领是著名的潘乔·比利亚，此人与萨帕塔一道被称为民族英雄，萨帕塔的影响一直延续至今，前几年爆发的恰帕斯州印第安人起义就自称萨帕塔运动。比尔斯在纽约做记者，已经因出版《魔鬼词典》一书成了名人，他这人跟他的文字一样不安分，听说墨西哥人起义了，立马收拾行囊去见潘乔。可这一走就像断了线的风筝，再也找不着了，成为文学史上的谜团。

美国人一直在寻找比尔斯的下落，莱内神父是当中最努力的一位，他长年查找比尔斯的足迹，终于在墨西哥北部找到了证据，还原了比尔斯生命的最后历程。原来作家都喜欢记载沿途见闻，再加上行为古怪，很容易被怀疑为特务。比尔斯本来就是记者，进入墨西哥后不断给友人写信介绍一路情形，最后一封信是1913年12月从奇瓦瓦寄出的，信中写道："奇瓦瓦每天都有装满士兵的火车开出，我期望明天乘火车去奥吉纳达。"奥吉纳达是前线，农民军正在那里与官军激战，可以想见比尔斯一旦企图穿越双方交火地带，马上会被捉住，如果捉他的是潘乔的部队，他很可能被杀，因为农民军更多疑，也更没纪律，很不幸，抓他的恰恰是潘乔的部队。

一个叫奥雷利的潘乔手下军官留下了记录。一次他路过摩加达看见一座新坟，听说里面埋了个白鬼子老头，老头被士兵抓住，嚷嚷要进城采访潘乔，结果被当做特务处决了，就地草草掩埋。当地人叫那老头白鬼子，说是从美国那边过来的。比尔斯高估农民军的理解力了，他以为自己同情墨西哥革命，就能见到它的领袖。同样是勇敢的美国佬，约翰·里德见到了列宁，斯诺见到了毛泽东，比尔斯运气不够好，他没见到潘乔。一个诡异的文学天才，就这样失落于北美洲的沙漠中。

当然莱内神父的调查结果也只是一种说法，但不管这说法是否属实，这个当年被叫做Gringo的孤魂野鬼，如今成了当地人的骄傲，但凡有旅游者经过，他们会热情洋溢地向你推荐，嗨，去看看那白鬼子的墓碑吧，值得一看。这块黑色的大理石墓碑，印证了比尔斯自己创造的坟墓词条：坟墓是安放死者等待史学家前来考据的地方。

被除名的神父

常闻西方教会闹出娈童丑闻，一直不明白神职人员为何总以男童做性侵对象，后来知道教堂有少年唱诗班，唱诗班成员通常都是10岁左右的小男孩，皮肤光洁，音色嘹亮，估计会激发成年男人的不良念头吧。前不久德国南部的雷根斯堡教区，就曝出神职人员性虐待唱诗班男童的新闻，其实是几十年前的旧闻，只是当事人现在才说。有这样一个作家，曾经有过这样的经历，此后他终生关注无家可归的城市儿童，他的小说主角永远只有一个，就是纽约街头的流浪小男孩，或简称纽浪小男孩。

霍拉肖·阿尔杰（Horatio Alger, 1832-1899）的父亲信奉惟一神论，这种信仰比基督教宽松，否认上帝三位一体的教义，认为上帝是一位一体，也即上帝本身。阿尔杰在这样的家庭长大，思想比较自由，16岁考入哈佛大学，后入哈佛神学院，毕业后依老阿尔杰的安排，在麻省的一家惟一神教堂谋了个差事。接下来的故事有点近似雷根斯堡了，他被控性侵两个男童，事发后辞职去了纽约。老阿尔杰痛心疾首，给全美惟

阿尔杰

一神总部写信道歉，保证他儿子今生不再担任神职人员。

去职后的阿尔杰也对自己的行为感到内疚，曾写诗表示忏悔。他开始关注街头流浪儿，为报章写连载小说。阿尔杰笔下的纽浪小男孩，有卖报的，擦鞋的，卖火柴的，故事编得并不新颖，无非叙述一鞋童遇见一老绅士，擦好鞋本来只要一元，但老头给了一张百元大钞，鞋童坚决不收，老头发现了小男孩心中闪光的本质，于是写了一封介绍信，小男孩凭着那信，一步一步努力，最终成为华尔街上的一名白领。

故事本无新意，但发表后获得读者热烈欢迎，小说主角被称为霍拉肖·阿尔杰式英雄。要知道当时的美国正处于早期工业文明时代，有点像20世纪二三十年代的上海滩，城市里生活着许多像三毛那样的贫穷流浪儿。他们如同被遗弃的狗狗，踯躅于街头，夜宿于过道，每天为生存而奔波，当然梦想自己也能如那小男孩一样，来一段天方夜谭般的奇遇，碰上一个从天上掉下来的贵人。阿尔杰的流浪儿系列小说有数十本之多，据2009年版的百科全书估计，合起来卖了2000多万册，他因此成为19世纪最受欢迎的大众作家。

有正统评论家写文章，批评阿尔杰的小说是欺骗孩子的毒药，但他坚持认为，靠诚实劳动致富是人类永恒的美德。尽管有这样的批评，阿尔杰还是深深影响了后人，曾有家财万贯的富人裸捐，把全部财富捐赠出来救助城市流浪儿，说这样做是因为读了他的书。阿尔杰自己并未因小说成功而成为富翁，他终身未婚，把财产都交给了设在纽约的报童客栈，那是他初到纽约时与人合力创办的产业。客栈坐落在曼哈顿丢恩街9号，那栋古旧的建筑现在依然完好，成为纽约报童客栈博物馆。

潜记忆

大家都知道盲聋女作家海伦·凯勒（Helen Keller，1880-1968）的事迹，她在老师安妮·沙利文的帮助下，把自己对生命与大自然的感受写成《我生活的故事》和《假如给我三天光明》等书，风靡全世界。不过她的写作过程并非一帆风顺，除了要克服残疾带来的视听障碍，还要面对其他作家也可能遭遇的种种困局，比如她曾被指控剽窃，小小年纪就尝到悲伤的滋味。一位盲聋作者怎么可能剽窃呢？这事得从她12岁时写的一个故事说起。

那年小凯勒进了一所盲人学校，因为天资聪颖备受校长安纳格罗斯喜欢，她也喜欢安校长，一次校长过生日，她灵感大发写了篇小说《霜之王》（The Frost King），描写森林里小鸟的故事，作为生日礼物献给他。安校长看过后大加赞叹，问她是从哪儿听来的，她坚持说是自己写的，于是校长拿到校刊上发表了。这本来是皆大欢喜的事，可不想没过多久，就有读者指出这故事与坎比小姐的小说《霜仙子》（The Frost Fairies）几近雷同，属于剽窃，这在注重知识产权的美国，是很严重的指控。

安校长听说后找来小凯勒询问，她仍然坚持原来的说法，说故事是自己创作的。可舆论并不这样认为，有人把两篇文章拿来对比，发现不仅情节相似，连许多用词都一样，这下安校长生气了，认定凯勒不诚实，从此不再理会她。为了给公众一个解释，学校组成一个八人临时委员会，由四位盲人和四位正常人负责询问凯勒，裁决究竟是否属于剽窃，结果是四比四，没有得出结论，建议继续调查。

这时整个社会都开始关注此事，大作家马克·吐温说一个人初学写作，难免会受别人影响，对小凯勒表示同情；原作者坎比小姐也写信安慰小凯勒。后来调查结果出来了，原来几年前沙利文带凯勒去看一个朋友，朋友和凯勒轮流说故事给对方听，朋友不会编，就说了一个书上看来的故事。这故事深深印在小凯勒的脑子里，以至于她以为出自自己的脑子。凯勒后来没再写过小说，可见这件事给她的刺激有多大。

其实这样的情况，并非仅海伦·凯勒才有，在许多大文豪身上也有发生，尼采1885年创作的《查拉斯图拉如是说》里有一个故事，被认为取自1835年出版的一本书。拜伦的诗剧《曼弗雷德》深受歌德作品《浮士德》的影响，歌德看过《曼》剧后评论：拜伦的这出悲剧深深打动了我，他用自己的方式给我的浮士德注入更强烈的激情与幽默，使之成为全然不同的两个形象。拜伦感谢歌德的称赞，但表示自己从未看过《浮士德》。

史蒂文生则比较坦率，他在《金银岛》出版多年后写道："书中的鹦鹉取自《鲁滨孙漂流记》，骷髅源自爱伦·坡的小说，还有人告诉我，里面的围场，马利埃船长早有描述，这一切都是有可能的，这些先辈在时间的沙滩上留下足印，影响到别人，而我就是那些别人之一。我坐在壁炉旁写作，感觉才思敏捷文思涌动，向全家人朗读自己的新作，却不曾想到华盛顿·欧文的影子也在里面跳荡。”童年时听过的鸟鸣，一直在脑海里回响，英文里有个词形容这种现象，叫潜记忆（Cryptomnesia）。

海伦·凯勒

战壕里的童话

罗夫丁头像

美国有个纽伯瑞儿童文学奖，专门奖励写给孩子看的图书。每年元月公布获金奖图书一本，提名奖若干，从1922年设立到如今，共评选了88届，战火纷飞的二战期间，奥运会都中断了，但纽伯瑞的评选没中断。获奖图书一公布，书店和图书馆就忙起来了，赶紧找出版社要书，获奖作家可谓名利双收。获得首届金奖的是房龙的《人类的故事》(1922)，房龙如今已家喻户晓，不用多说了。获得第二届金奖的是休·罗夫丁(Hugh Lofting, 1886-1947)的《杜医生航海奇遇记》(The Voyages of Doctor Dolittle, 1923)，这个名字听着有点陌生，记得黑人谐星艾迪·墨菲主演的热片《怪医杜立德》吧？就是根据这部书改编的。

作家可以分好几种，有的是书斋型的，靠博览群书建构自己的精神世界，比如博尔赫斯；有的是走动型的，喜欢游走世界，罗夫丁属于后者。他本来在英国长大，18岁进美国麻省理工学院念书，毕业后漫游加勒比各岛屿和西非沿岸，1912年在纽约迎娶美国女子弗罗拉，生下女儿伊丽莎白和儿子科林。没过多久欧战爆发了，他加入英军爱尔兰纵队，被派往弗兰德前线。弗兰德在法国北部与比利时交界处，是一战期间双方争夺最惨烈的地区，德国作家雷马克的小说《西线无战事》，描写的就是这一带的战况：在双方停战的间歇，战壕里的德军士兵保尔看见飞起一只蝴蝶，正探头观望，被对面飞来的一颗子弹打死。

《杜医生航海奇遇记》插图

雷马克在德国一侧观望，而罗夫丁抱枪守在法国一侧的战壕里，思念自己的孩子。他不断给伊丽莎白和科林写信。远处是连天的烽火，眼前是死伤的战友，他能写什么告诉一对宝贝儿女？好在罗夫丁从小喜欢动物，他的思绪飘回到童年的英格兰。他决定跟孩子们讲动物故事，说世上有个乡村大夫，能听懂动物的语言，他常年在山川大地上行走，成为动物的朋友。光是这个开头，就够吸引人的。那乡村大夫，后来成为杜立德医生的原型。头上是飘飞的子弹，脑海里是会说话的鸭子。罗夫丁从不谈战场上的枪林弹雨，以致姐弟俩以为爸爸在远方旅行。

1919年罗夫丁被弹片击中身负重伤，送回美国疗养。太太把珍藏的书信拿出来，鼓励他改写成小说。于是杜医生系列小说诞生了。杜医生的诊所收治了各类无家可归的动物，有猴子吱吱、鸭子呷呷、小狗叽噗、小猪咕咕、鹦鹉波莉尼西娅、猫头鹰吐吐等，呷呷用脚掌管账，做他的管家，波莉尼西娅弄不清自己有多大年纪，但总能及时提醒他做什么事，一天吱吱突然跑来，说它的好多非洲朋友得病了，于是杜医生扬帆去非洲。罗夫丁后来陆续写了《杜医生在月球》(1928)、《杜医生还乡记》(1933)等，受惠于获纽伯瑞金奖的《杜医生航海奇遇记》，都有相当销量。世上还真有写信写成作家的。

哈佛爱情鸟

说起畅销书与影视剧，可以说绝大多数影视剧都由畅销书改编而成，但也有反过来的，电影拍摄后大受欢迎，编剧再把剧本改写成小说，风行一时，《爱情故事》就是一个例子。埃里克·西格尔（Erich Segal, 1937-2010）最初只是为派拉蒙公司编写一个校园爱情故事，一个富家子弟爱上了一个贫穷的意大利姑娘，不想姑娘患上白血病，爱情成了悲情。这本来是个很普通的爱情故事，但西格尔注入了现代元素，影片里一句“爱就不要说对不起”一时风靡美国，成为热恋男女的口头禅，同时也给正深陷越战泥淖的美国社会，送去了一阵灵魂的清凉，影片主题曲更是悠扬动听，如今仍不时在酒吧、咖啡馆里回旋。

既然影片如此催人泪下，当然不能放过机会，西格尔趁热将剧本改写成小说，一下就上了20世纪70年代初畅销书排行榜榜首。漓江出过《爱情故事》中文本，钱和泪水都赚了不少。最浪漫的想象往往来源于最古典的修养，西格尔其实并不是一个很浪漫的人，至少行为很规矩，他出生于一个犹太拉比家庭，从小受到严格的道德教育，大学期间修的是拉丁和希腊文学，专攻柏拉图，曾先后在哈佛、耶鲁做文学教授，是一个典型的古典文学专家，不过因为授课过于严谨，学生并不多。

西格尔不甘心困守书斋，决心写爱情剧。他本人生性羞涩，没什么浪漫传奇，但喜欢旁听同学们的风流事，哪个美女如何如何，哪个帅哥又如何如何，听到快活处，仿佛那主角就成了他自己。《爱情故事》的男主人公奥利佛身上，就有西格尔当年哈佛室友戈尔的影子，这戈尔是谁呢？对，就是克林顿时代的副总统戈尔。原来戈尔是个情种。

成名后的西格尔曾迷失过一段时间，他回忆说他以为自己从此将永远头顶光环，殊不知人家正在寻找下礼拜的畅销书作者，准备取代他。影片虽然获得当年奥斯卡七项提名，文学界却不欣赏他，“这只是个故事，离文学有点远。”时任国家图书奖小说评委斯泰隆如是说。美国文学界对过于轰动的小说向来很戒备，遭遇同样命运的还有30年代的《飘》。西格尔喜欢跑步，曾参加过马拉松比赛，成绩还不错，达到2小时56分。有一次在纽约中央公园慢跑，碰到大作家菲利普·罗思，就是写《再见，哥伦布》的那个，名气比他大多了。他对罗思说：“你写得不错。”罗思则回应：“你跑得不错。”

尽管不被文学界看好，西格尔还是收获了大量粉丝，他回到耶鲁继续讲授古典文学，这回可是今非昔比，同学们都想看看一个畅销书作家，如何演绎古希腊文化，600个座位的阶梯教室座无虚席，西格尔一跃成为该校最活跃的教授。不过好景不长，耶鲁以“课外活动”太多为由将他解聘，这可以说是整肃校风，也可以理解为教授间勾心斗角的结果，西格尔自己则说，他被耶鲁扫地出门，那是耶鲁嫉妒他。西格尔与太太厮守34年，有两个女儿，大女儿继承父业，如今是专栏作家。

春天守护神

福岛核电站危机，表面上看是地震引起核泄漏，实质则关系到人类对高科技的利用，究竟有没有一个度，这个度的底线在哪里？如果不能确定底线，最终受伤害的还是我们自己。20世纪50年代是杀虫剂的天下，我们来看看一位美国妇女，是如何以一己之力挽救世界的。林肯曾戏称斯陀夫人是引发南北战争的小妇人，不过若与卡森小姐（Rachel Carson, 1907-1964）相比，斯陀夫人的影响还不够大，她影响的是美国，而卡森影响的是一个时代。人类从20世纪中期开始，曾广泛使用一种叫滴滴涕（DDT）的农药，有选择地杀死昆虫和杂草，我小时候就见大人用DDT四处喷洒，说是灭四害。DDT刚被推出来时受到热烈欢迎，发明者还获得了诺贝尔奖，但卡森嗅到了死亡气息。

她发现情况并不像厂家吹嘘的那么美妙，DDT在杀死人类不喜欢的虫子后，会残留在农作物和奶制品中，一旦进入人体就储存在高脂肪的器官里，积累到一定程度会导致神经受损、肝细胞坏死、不孕、癌变甚至死亡。她开始用深入浅出的文笔，将自己的观察写成书，这就是著名的《寂静的春天》——如果人类只顾发展不管保护，那么有一天生灵会死绝，春天来临再无鸟啭蜂鸣，世上只有一片寂静。霍金说地球200年内会毁灭，也是这层意思。

卡森还对人类的无知进行分析，说明现代人很狂妄，总想按自己的喜恶决定大自然千百种生物的命运，消灭自己不喜欢的生物，留下喜欢的，以为这样可以创造一个美好世界，殊不知这种狂妄打乱了自然界的生物链，最终自食其果的还是人类自己。卡森真是一针见血，如今我们过着的正是这种日子。每天置身于化工产品制造的致癌环境中，还以为生活富足而舒适，吃的是转基因食品，穿的是化纤衣服，住的是沾满涂料的房间，罹患各种疾病却查不出病因，改头换面的DDT比比皆是。

这样一本提倡爱护环境的书，本应被社会认可，可是很意外，书出后立即招来暴风雨般的攻击。原来对DDT的抨击触犯了利益链，厂家、店家、研究机构，甚至美国农业部、食品与药品管理局都纷纷出面反驳卡森，一些市侩小人更是恶毒谩骂，把她的同性恋背景拿出来说事，说她是"没事干的老处女"。可是真正的思想总会不胫而走，卡森的准确数据和严谨推理震惊全美，《寂静的春天》成了畅销书，连时任总统肯尼迪都找来阅读。

1963年夏卡森应邀前往国会山解说她的观点，议员们震动之余立刻督促政府成立环保署，该署不久宣布

卡森《寂静的春天》封面

禁用DDT和其他有残留毒性的农药。在卡森之前，已经有不少有识之士开始呼吁环保，但真正打动社会的还是这本《寂静的春天》，这得归功于她那出色的文笔。如今在美国，连老太太都知道自我保护，有这样一幅漫画，画的是两位老太太去杂货店买东西，其中一人对店小二说："听着，别卖给我们卡森不买的东西！"

后 记

因为从事外国当代文学的翻译和出版，这些年积攒了不少第一手资料，一直想找时间整理出来。记得2010年5月的一天，接到《深圳商报》蓝瓦小姐的电话，商谈为她主编的《万象》专栏写文章，要求是一要有当下二要有文化。熟悉报界的朋友都知道，《万象》是中国内地办得最受欢迎的文化版面之一，作者多为实力派写手，能开专栏当然是万幸之事。

我当时开玩笑说，机会总是留给有准备的人的。不过玩笑是一回事，真要做起来又是另一回事，要知道《万象》的读者见多识广，专栏文章如果主题不专一内容不专业，会被笑话的，由千字容量写出万言分量，是小品文字追求的境界，虽不能至却心向往之。

新一代读者有新一代的阅读要求，对外国作家和作品，自然不会满足于巴尔扎克和托尔斯泰，只有提供新鲜资讯才能赢得读者的尊重。这里介绍的作家绝大多数是现当代名家，轶事也多半为首次披露，尽量融知识性、故事性和文化前沿性于一炉，让读者在阅读正面文本的间歇，也能看到作家的侧面和背影。大作家因为文学而伟大，但他们同时也是凡人，会因嫉妒而痛苦，因失恋而哀伤。

同时也有一些优秀翻译家剪影，眼前有译文，是因为世上有译家，相信中国的作家、艺术家和广大读者，这30年都从译文中获得了美妙滋养，记下译家的点点滴滴，也是对前辈、同仁表示敬意。文中的译人译事，都是从我的角度撰写的，未必都客观，如有不当还请诸位包涵。

所谓编译读三味，指的是编辑、翻译和阅读，可以看做外国文学研究的跨界笔记，个中滋味甘苦自知。我的专栏叫《零度漂流》，取在冰点下游走之意，不知不觉间写了三年多，正想着能不能结集出版呢，忽接海天出版社胡小跃兄邀约，加盟该社的文化丛书，瞧，又是深圳！胡兄本人是法国文学译家，对世界文学有独特的嗅觉，书稿算是在正确的时间，交到了正确的人手里，自然放心加开心。

选入的文章多数在《万象》专栏首度面世，也有少量散见于《羊城晚报》、《华商报》、《深圳特区报》等报刊。穿插在文中的部分图片，是在网上发现的，一时找不到海内外原作者，只好在这里致谢了，这些诙谐的插画给本书增色不少。

作　者

2013年6月桂林

相关阅读

《书人 · 书事》

姚峥华◎著

海天出版社 2014年1月版 定价：28.00元

正如胡洪侠所说：“有一种人，他们连鸡蛋都懒得吃，他们只想认识下蛋的母鸡”。那好，跟着姚峥华走吧！这个多年来负责图书周刊的资深编辑，是带大家认识书背后的人的绝佳向导。写书人、评书人、编书人、译书人在“姚言”中纷纷揭开自己的面纱。

《淘书 · 品书》

侯 军◎著

海天出版社 2014年1月版 定价：32.00元

跟着文化大家侯军去淘书，从京津到沪上，到西北到东南，如果还不满足，那就去英法德日，香港自然也是一个淘书的好去处。这个坐拥书城的茶文化专家，品书如品茶，香醇浓郁的书香从他老道的文字中散发出来，让人回味无穷。